2

© Monic Ernstdotter Rogberg 2019
Förlag: BoD – Books on Demand, Stockholm, Sverige
Tryck: BoD – Books on Demand, Norderstedt, Tyskland
ISBN: 978-91-7785-669-6

5

6

I Sorgen bor Kärleken

Kvinnor i Palestina och Andra berättelser

Monic Ernstdotter Rogberg

I symbios är myran med
kaktusen,
rödmyran med nattmyran.
Vad är vi i symbios med?
Har Gud tänkt på någon
utvärdering
av allt?

De små gröna frukterna trängs vänskapligt i
sitt vatten och olja smaksatt med lite citron,
plockade i Palestina.
Plockat av palestinska kvinnor, står det.
I Världsbutiken i Örebro säljer jag oliver och
olivolja, båda exceptionellt goda, till en dam.

Hur orkar dessa kvinnor, dessa kvinnor på
Västbanken, vars levnadshistorier är fyllda av
krig, intifador och terror?
Jag tänker att det är med sina själsstyrkor,
envishet och sin stora kärlek till sina barn,
familjer, livet och landet Palestina. De skapar
nya sätt att leva att överleva förtryck,
förnedring och det ständigt pågående våldet.

Jag tänker att jag ska besöka dessa kvinnor i Palestina. Med mig på resan har jag adress till Canaan, det företag som tar hand om de oliver kvinnorna plockar för hand. Det finns ca 50 kvinnokooperativ på Västbanken, där de också tillverkar couscous, odlar och torkar tomater, föder upp kycklingar, bedriver fåravel mm.

Jag har också adresser till kvinnor knutna till Canaan, i olika byar på Västbanken.

Bombat hus som man försöker göra beboeligt fast bygglov inte fås.

SHAFAQ

Muethlon 1967

Kniven var skarpslipad
Den högg tiofalt
Mitt hjärtas blod
fann inte plats
Min man min man
Min son mitt hem, åter och åter
Detta är min berättelse
Detta är mitt liv

-Jag skriker högt jag skriker isande starkt så
isbergen i Antarktis brister. Så högra väggen i
moskén i Jerusalem spräcks från sockel till
guldkorset på toppen. Jag skriker som bara
barnet som är två år kan skrika.

Shafaq sitter i knät på sin Mama. Hon är bara
två år då detta händer.
Hon skriker högt. Samtidigt kommer den,
explosionen. Hon känner i sin lilla kropp, just
innan den visar sig i sin stora grymhet,
dånande stark, skakande jorden och husen,
människorna som slamsigt far runt, runt i
blodiga trasor.

Hennes första traumatiska upplevelse skulle
komma att följas av många fler.
Baba står mitt på golvet, han vacklar och
vänder sig mot sin kvinna och sitt barn. Han
faller på knä framför dem, han håller
skakande om dem. De är så små och tunna.
Det går bra att räcka om dem båda.

De blir länge sittande som en evig skulptur,
som ett minne av den stora massakern, med
trasiga hus runt om, med den öppna
himmelen därovan.
-Det är så tyst, var är alla fåglar, tänker Mama,
glömde jag ge dem vatten i morse? Var är vår
spis, var är vårt hem? Det är så tyst så trasigt
och det är så blodigt.

Shafaq håller för sina öron, slår på dem. Det
hörs inget och hon börjar gråta. För Mama är
det likadant och hon förstår att den hårda
explosionen har skadat deras öron. Mama
kramar den lilla och försöker trösta, vilket
inte är så lätt när hon inte hör sin egen röst.
Sakta tar sig den lilla familjen ut ur ruinernas
rök och damm.
- *Allahu akbar, gud vare lov, ni har klarat er*,
skriker någon. Shafaqs Jiddo, Khalo och
Khalto kommer springande.
-*Ni lever ni överlevde de satans bomberna. Kom
med oss nu, kom hem till oss.*

Och sakta återvänder livet som det nu än är.
Obarmhärtigt som solens hetta, solens och
månens dans bland millioner stjärnor. Hus
lagas muras spikas av spillror. Får som
överlever föder nya lamm när våren kommer.
Barn växer med sina minnen bakade av
skräck, sorg och en del glädje.

Men inte länge till. Nästa helvete exploderar.
Kriget som varar i sex dagar och sex nätter.

Lilla Shafaq klättrar över muren till
olivträden, den är inte hög, hon klarar det, har
gjort det förut. Hon är ju stor nu, jättestor,
hela fyra år, och storasyster till lillebror och
lillasyster. Hon tänker hälsa på den snälla
åsnan som bor under olivträden.
Då hör hon dem, noshörningarna, dundrande
dånande. Fort hukar hon, de skjuter med
hornet där fram, med horn runt om. Shafaq
blundar och känner en blöt nos, en varm
hundkropp mot sin lilla rädda. Hon kisar och
ser in i så varma rädda ögon, hon håller om.
De ger varandra sin kärlek, mitt under
blodbadet som omger dem. Ett litet barn och
en hund, ungefär lika små. Länge ligger de tätt
omslingrade, med sus och dån i öronen. När
tiden är förbi känner Shafaq att byxorna är
blöta, hon kissade visst på sig och hunden
ligger så stilla i hennes famn. Han känns också
blöt. Hon öppnar ögonen och ser rakt in i hans
ögon, stela liksom borta. Hon lyfter sina armar
och ser bara blodig päls. Shafaq blir så rädd
som hon aldrig varit, hon blir också arg, hur
kan han göra så här, svika henne?
Hela livet ska Shafaq leva med denna
förtvivlan, detta svek. Då och då i livet när hon
möter just en sådan hund, då tar hon vad hon
ser och slår och slår. Fast hon då är vuxen, är
Mama själv.
Tiden är en rymd för Shafaq, en rymd där livet
består av kärlek och lek, med fler och fler
syskon, många lekkamrater och bästa vännen
Rabbeha. Då och då sprängs rymden sönder i

noshörningens vrål och ilskna smatter. Men åren går och hon lever vidare.

På den vindlande fårstigen kommer någon gående i sakta mak. Å det är Rabbeha, fina fina snälla kloka kusin Rabbeha, bästa vän i världen.

- Hej hallå äntligen, har du te med dig, jag törstar ihjäl!

- Klart jag har till min finaste vän. Idag är det så hett att teet kokar i flaskan. Nå har det hänt någonting, har ormarna jagat dig eller har du bara suttit här och drömt om mig?!

- Haha klart jag tänkt på dig dumskalle, att du drar benen efter dig och inte tänker på att jag blir till ett torrt skinn.

- Hallå där, här är jag ju och nu är det så att du ska springa ner till din Mama och Baba det fortaste du kan. Det kan vara så att något roligt kommer att hända.

- Men fåren då, ska jag överge de stackars liven? Och teet, måste ha en kopp te innan jag sticker.

- Mmm här varsågod drick du, det klart att du hinner och fåren överlämnar du i mina goda händer, dummer. Jag och fåren kommer när solen vandrar mot sin vila i öst. Stick nu vi ses

sedan.

Och Shafaq skuttar iväg skrattande högt mot
den heta solen.

En sång dallrar balanserande i vågor genom
hettan, följd av en ensligt lockande flöjt. Hon
dansar fram, hon tänker det är för henne. Ett
kalas är det. Ett födelsedagskalas, en tårta stor
och gräddigt vacker i tre våningar. Idag är det
Shafaqs dag, det hade hon nästan glömt. Inte
helt men nästan, just att hon idag för tio år
sedan kom till denna jord, till sol måne och
stjärnor. Till alla dessa olivträd som kan
knastra med sina blad i vinden, som berättar
med sina knotiga grenar historier från
tusende år. Hon tänker på det när hon skuttar
nerför stigen, hoppar över stenmurar,
undviker skickligt taggiga buskar.

-Hej Mama hej Baba här är jag... Shafaq
kommer av sig, huset är fullt av barn, många
Umm och många Abu, kusiner ...och nu börjar
alla sjunga till de spröda flöjttonerna Shafaq
hörde på vägen ner från kullen. Alla sjunger
för Shafaq, för dagarna i hennes liv, framtiden,
att hon må leva för evigt, må Allahs ande lysa
hela hennes liv.
Baba höjer nu sin röst.

- Må denna dag bli till ett minne, ett
blommande vackert minne, som en milstolpe i
ditt liv. Må alla goda änglar leda dig vidare på

den store evige Allahs väg. Kom får jag krama
dig min ögonsten. Nu börjar festen för dig
Shafaq, på väg in i ditt elfte år.

Men det var inte den milstolpen som Shafaq
skulle minnas bäst, den milstolpe som för
alltid etsade sig fast i henne som ett omen, ett
skrämmande otäckt minne, den milstolpen
kom först flera år senare.

Mama och Shafaq lagar mat, skojar och
skrattar. Några småsyskon virvlar runt benen,
och Shafaq tänker, undrar om det om några
dagar kommer att bli lika hänförande ljuvligt
roligt, som för många år sedan, då när hon
fyllde tio år. En milstolpe, sa Baba då. Ja så
tänker hon där hon dansar i köket, till högt
uppskruvad hänförande sång av Umm
Kulthum.
Just då, då i dansens virvlar stannar en bil
utanför deras hus. Hon ser den lite rostiga
röda Fiat så tydligt genom den öppna
köksdörren, och hon stannar upp mitt i en
låtsaspiruett och skriker för att överrösta
musiken.
 - *Mama vi får besök Abu Jousef, Umm Jousef*
och Heba är här, Mama de ser så konstiga ut,
Mama titta!

Milstolpen var kommen, nerslagen med kraft i
den torra sandfärgade jorden djupt ner i
Palestinas jord, för att aldrig mer dras upp.

Baba, älskade Baba skulle aldrig mer hålla
Shafaq i sin stora varma famn, aldrig mer slå
ner några milstolpar, eller skörda och
övervaka olivskördar på sina stora ägor. Han
skulle aldrig få krama och kyssa sitt minsta
barn, ett så litet barn på fem månader, eller
sex fina söner eller fyra flickor varav Shafaq är
den äldsta. Det är den tjugotredje augusti 1985 och
Shafaq fyller 18 år. Och hennes älskade Baba
är död. Död i en bilolycka, efterlämnar hustru
och tio barn, samt hundratals olivträd som
suckande får räkna, ytterligare en av sina
vårdande och beskyddande människor, till sin
minnesbank över döda människor.

Shafaq nynnar jollrar kysser och vyssjar sitt
minsta lilla syskon. Hon rör sig försiktigt
under och mellan olivträden. Oliverna regnar,
dyker ner på tyger och presenningar, i takt
med att unga pojkar och flickor med kärlek
försiktigt "rakar" de överfulla grenarna med
långa trärakor eller klättrar som apor i träden.
Det var något Baba varje år i skördetid
berättade för alla, i synnerhet de unga. Att
med kärlek plocka varje oliv.

- *Slår du hårt utan kärlek kommer trädet alltid*
att minnas det, och inte vilja bära så mycket
frukt till nästa år. Sa käre Baba.
Mama, alla syskon, släktingar, grannar och
dagarbetare, alla hjälps de åt med den stora
skörden. När ungdomarna "rakat" ner

frukterna och tygerna är fulla, drar kvinnorna
och männen iväg till sorterandet i stora kärl.
Träd efter träd befrias från sina frukter.
Grenarna far tomma tillbaks svajande och
nöjda, till ett nytt år, kanske det trehundrade
eller tusende. Mot kvällen kommer frukterna
att pressas till den utsökta olivolja Palestina
är känt för. Eller hamna i små glasburkar där
vatten olja och citron håller dem friska.

En månad har gått sedan Abu Shafaq dog.
Mama kämpar med sin sorg, sin förtvivlan
över sitt stora ansvar, så stor gård och så små
barn hon har i sin barnaskara. Tio barn har
hon fött, alla i kärlek till sin man och till barn
överhuvudtaget. Umm Shafaq älskar barn,
som de flesta palestinier. Och bor man i ett
ockuperat land, ett land vars gränser rycker
närmre för varje år, då är familjen det
viktigaste, det som ger glädje och trygghet.
Umm Shafaq vill ha alla omkring sig, nu mer
än någonsin, hon älskar att trängas lite grann i
köket, känna deras närvaro, andedräkt som
omger henne då de skrattar, sjunger och
pratar.
Shafaq är äldst och väldigt förståndig. Hon
känner sitt ansvar och bär det med glädje och
stolthet. Hon saknar förstås sin Baba, hans
stora varma famn, den trygghet han spred
omkring sig. Shafaq försöker nog omedvetet
att efterlikna hans sätt att tala till småbarnen,
att tackla problem. Mama har för fullt upp för
att tänka på allt. Hon har sin sorg under de

tysta kvällstimmarna.

- Jag har nog förlorat min tanke, vet inte hur man gör längre, suckar hon en kväll då Shafaq och hon sitter och dricker te.

-Det är fint att du tänker åt mig. Men min älskade dotter, du börjar bli giftasvuxen. Det är viktigt för dig att vi hittar en god man åt dig. Helst en farmare, smilar hon och förtränger baktanken på att hon själv skulle bli glad för en redig man, en man som kunde ta över en del av ansvaret för den stora gården. Det är inte endast de oändligt många olivträden som måste skötas, där finns också fikonträd, tomatodling, timjanbuskar, granatäppelträd, aprikosträd och en stor fårflock och hönor. Allt behöver sin vård och kärlek. Har hon någon hemlighet, den fina duktiga Shafaq, döljer sig något i hennes stora varma hjärta?

-Jag går ut en stund kära Mama. Ska träffa Isam. Och Shafaq ger sin Mama en kram.

Hon sparkar en sten hon sparkar två. Hon går och pratar med sin vän Isam och Ahmed finns där bakom. Det är inledningsvis en rolig pratpromenad, men samtidigt något oroväckande runt omkring som hon nu känner i sin mage. Då tar hon upp en sten och kastar på måfå, känner att det är en kraft i det. Tänker på alla de som kastar sten på djävulen i Mecca. En tradition. Jag kastar på dig

djävulen, din israeliska djävel! Jag kastar en
till och en till. Runt henne haglar plötsligt
stenar mot de soldater som skjuter med sina
kulsprutor på dem. Var kom de ifrån så
snabbt, hon hörde bara Ahmed skrika något
om att gå hem. Själv är hon nästan vuxen och
hon kastar för att få bort de djävlarna som i
förra veckan skjutit grannens son. Han som
var så fin, som hon skrattat så mycket med
när de lekt som barn, som tonåringar. Hon ser
nu också Umm Ahmed falla baklänges. Hon
struntar i om hon själv blir skjuten, när de slår
ner en Mama. Då känner hon bara vrede. De
får slå ner henne också. Det snurrar i huvudet,
hjärtat bankar, hon är nära nu, noshörningen
ska dö! I pannan ska hon träffa, där mellan
ögonen, hon slutar andas, känner inte marken
under sina fötter, solen i ögonen den bränner
brinner, allt brinner och hon kastar igen och
igen, böjer sig ner för att fylla på stenarna hon
samlat i klänningen. Så rycks hon upp,
stenarna faller till marken det hann bara bli
tre. Någon har lyft henne bakifrån och kastar
henne upp på flaket av en täckt militärbil. Hon
hamnar på Ahmed. Där ligger också Isam som
gråter och svär. Och lite längre in ser hon två
andra flickor och två pojkar.
Shafaq känner att hon blir nästan galen av
ilska och förtvivlan.

*- Jäkla israeler, mitt huvud, de slog mig i
huvudet, jag ska hitta den största sten jag
orkar och smälla i huvudet på den där*

*arrogante mesen som just nu....aaj sluta sparka
din skit!*

En kvart senare, alla sitter med ryggarna mot
flaksidorna, en del mer blodiga än andra.
Soldaten lutar sig fram mot förarsätet och
skriker något. I samma nu bromsar soldaten
som kör tvärt, och den andra fortsätter skrika
i sin kontakttelefon. Bilen stannar så snabbt
att Shafaq ramlar av. Nytt skrikande mellan
soldaterna och bilen rivstartar. Kvar i sanden
ligger en blodig flicka. Sanden färgas sakta
röd. Allt är fullständigt tyst och av bilen syns
bara ett dammoln. Någon bär Shafaq hem.
Mama, tre systrar, Jida, kusiner, alla vimlar
runt Shafaq. Hon blir tvättad, pussad, dricker
kaffe, äter en chokladbit och sedan börjar hon
gråta och berättar. Orden trängs i hjärnan,
bubblar ut ur munnen.

*- De andra, snyftar hon, Ahmed och Isam, de är
kvar på bilen, är kvar, de blir slagna mer och
mer, de kastas i fängelse Mama, jag får aldrig
se dem igen. Tänk om de dör, skriker hon.*

Men de dör inte, de plågas under lång tid, en
tid då Shafaq försöker bota sin rädsla och
ilska, leka med småsyskon och hjälpa sin
Mama med allt arbete på gården.
Solen lyser obarmhärtigt, det är så varmt så
hett att luften dallrar, fåren orkar inte bräka,
de ligger utslagna i det torra gräset, idisslar
stilla. Vackra stenmurar löper på tvären och i

sicksack upp över berget. De är alla tusende stenar lagda av människohänder.

- *Hur många år har det tagit*, tänker Shafaq när hon tar upp en sten som fallit ner och lägger den tillbaks på sin plats.
- *Hur många meter skulle jag kunna göra på en dag, en vecka, ett år?*
Det svindlar vid tanken. Hon grips av en stolthet en glädje över sina förfäder. Detta sandfärgade land med alla sina torrt gröna buskar och träd, olivträd som hon nu hjälper till att vårda och skörda. Alla fikonträd granatäppelträd, alla söta tomater apelsiner citroner, om våren då allt det dova det sandfärgade översköljs av blommande lysande färger, då skönheten tar över. Hon älskar det, hon älskar sitt land. Shafaq måste sätta sig på en sten och fundera. Allt kom så plötsligt alla dessa tankar om jorden hon ärvt som hennes Mama, Baba och deras föräldrar och deras... Hon vet inte hur långt tillbaka just hennes familj har brukat och skördat deras stora ägor. Hon vet att det är många generationer. När hon kommer hem i kväll ska hon fråga Mama.

Nu sedan hon upplevt det hemska med soldaterna, och att hennes vänner är kvar i fängelset, nu tänker hon annorlunda på sådant här, på hur de lever och har levt i Palestina i århundraden ja i tusende år.

*- Är det inte konstigt att det finns ett folk som
egentligen är av samma rot och stam, nej
kanske en annan stam, men vadå skillnaden
mellan folk är inte stor, mer vem människan är
och hur man kallar sin Gud, som säger att vi
ska flytta på oss så de kan ta över. Det sa de
inte förr ju, för länge sedan när turkarna
härskade här. Det har Gammel-Jida berättat
som nu är 110 år och minns allt så väl. Hon
minns hur turkarna var, hur britterna kom och
bestämde och nu hur israelerna krigar mot oss.
Hon minns allt och hon tycker turkarna var
bäst för de försökte inte köra bort alla bönder
eller mörda oss. Det minns gamla Noor. Jag
tycker om att besöka Gammel-Jida Noor. Hon
är helt klar i huvudet, liten och väldigt tunn.
Hon ser, hon hör, hon pratar, fast ibland är det
svårt, för jag tror inte någon tand är kvar. När
jag kommer sätter hon sig upp och vi dricker te.*

MUSTAFA

"Till min Habibti min Shafaq.
Jag ser upp mot den oändliga himmelen,
tusentals stjärnor vakar över oss, samma
stjärnor som blickar ner på dig Habibti,
vackraste blomman som lyser på Palestinas
kullar och i fruktfyllda dalar. Jag tänker vi
möter samma himmelska strålar, du och jag.
Du där i vårt älskade Palestina, jag i landet
Tyskland. Jag kommer snart på min ferie från
denna roliga och intressanta utbildning jag får.
Jag lär mig mycket om vår jord och olika
odlingssätt. Kunskaper fyller min hjärna, men
du fyller mitt hjärta. Vi ses snart i glädje och
kärlek. Må Allah skydda din dag.
Din Mustafa."

Shafaq snor runt framför spegeln och pratar
högt för alla som vill höra på.
-Den blå eller den röda? Den blå ser så
längtansfull ut, men den där röda är mer vad
jag känner, kärlek kärlek, ja det är ju vad jag
känner och jag är så glad! Visserligen får vi
bara vara tillsammans en tid, sedan ska han
tillbaks till sin agriculture utbildning och den
är han så lycklig för. Att skolas för att ännu
bättre ta hand om vår palestinska jord. Jorden
vi ärvt och jorden vi älskar. Jag vill springa med
Mustafa, gå och springa igen genom olivlunden
upp till den vackraste platsen i skogen av fikon.
Där jag åt fikon tills jag fick ont i magen när
jag var liten.
Då när Abu Fadi var med och vi hade matsäck i
en korg och han berättade om när han var

liten, var en liten tapper herde som en gång burit ett lamm hela vägen hem, ett litet ömkligt lamm som brutit ett ben. Abu Fadi hade sedan skrikit att de inte fick döda lammet för det gick att spjäla benet. Det visste han och det gjorde han. Skalade fina mjuka grenar tills de var lena och virade runt dem tygstycken som han rev i remsor. Virade lagom hårt, sjöng för lammet under tiden och han bar, stöttade och uppmuntrade under så lång tid det tog, tills benet var läkt. Det lammet följde honom alltid och fick namnet Noor.
- För hon var min lilla solstråle och bästa vän, brukade Abu Fadi alltid avsluta sin berättelse med.
- För vet du vad hon gjorde om jag somnade? Jo då lutadehon sig över mig, snosade mig på näsan och bräkte tills jag slog upp ögonen och stirrade rakt in i hennes vänliga fårögon.

Shafaq tittar på sin klocka.
- Mama, Mama snart kommer han. Är du färdig med pizzan, du har väl tagit massor med ost på, du vet han älskar det och så tomaterna, har du lagt dem i ring och...eller hur Umm Mustafa?

Shafaq kramar strålande om Mustafas Mama som kommit för att överraska sin son.

-Stopp lugn, allt är i sin ordning kom får du se innan de hamnar i ugnen. Alla fem.

- Jättefint. Har du bara gjort fem, tänk om han
är jättehungrig eller har vänner med sig, Mama
jag gör homus nu, det är väl dags att han
kommer, bäst jag går ut och ser efter först.

Jodå det är tre, nej fyra fem bilar som kommer
dundrande, bromsar in till höga skratt, någon
sjunger Beladi, andra stämmer in.

-Åh Ibni, Allah vare lovad, Umm Mustafa
darrar av glädje, tårarna sprutar.

-Att du är här, Allahu akbar, jag är så glad kära
Mama.

-Ahlan ahlan maten är klar, säger Shafaq.
Allaha akbar och du är här Mustafa min
Habibi!

SHAFAQ
och
MUSTAFA

EFTER LÅNG LÅNG TID

Alla är samlade, familj släktingar vänner, alla
vill de höra hur
det är i Tyskland. Hur Mustafa trivs, vad han
gör, får lära sig. Frågor kommer från höger
och vänster.

-Hur är skolan, är ni ute och gräver..

*-.Äsch tyst dummer de sitter väl på bänkar och
studerar... berätta om dina vänner har du
många är det snygga tjejer...*

*-Lugn mina vänner, jag ska berätta, om ni alla
är lite tysta. För det första är det mycket
intressant jag lär mig, jättemycket, det är en
stor klass, det är ingen mer från Palestina så
jag känner mig hedrad att jag fått denna chans.
Det är mycket teori, alltså vi sitter i en stor
föreläsningssal oftast, när vi inte är ute för
olika observationer och studier, då vi även
använder händer och näsa...*

-Va vadå näsa?

*-Ja det finns mycket man kan utläsa genom att
lukta, känna och se på jorden till exempel.*

-Nu kommer maten! Varsågod. Humus, joghurt,
små skålar med olika grönsaker, ost, nybakat
doftande bröd, couscous, pizza och lammkött.

Det finns citronvatten, te och kaffe. Två bord är överfulla av dessa läckerheter. Shafaq anstränger sig för att överrösta den glada volymen på samtalet.

-Kom Shafaq Habibti, sitt hos mig vackra flicka. Jag har saknat dig, viskar Mustafa i hennes öra. *-Min blomma du är vackrare än nånsin. Ska vi ta en promenad när vi ätit, bara du och jag.*

Fem dagar och fem nätter kan gå fort, de kan också tänjas i ljuvlig samvaro med långa promenader. En särskilt lång natt blev till en varm het omfamning i månljus, just därunder de träd som levt så länge och sakta susade om eviga kärleksmöten, heta som sanden, söta som fikonen och fylliga som de läckraste oliver om natten. Mustafa och Shafaq lovade varandra evig kärlek, ja till och med lycka, djupt i varandras ögon. Stolt som en arabisk hingst såg Mustafa in i Shafaqs stora intensiva hungriga bruna ögon, där kärleken var ofantlig och han kände sin kärlek växa oändligt. Hans knän vek sig tacksamt, han höll hennes händer i sina, överhöljde dem med kyssar.

...vill du verkligen gifta dig med mig du sköna?

Hon tänkte, - *Jag måste nog skrika ett tag, det känns för mycket i bröstet, i hjärtat, det sprängs nog annars....*

...men det var som luften tog slut just som
skriket skulle börja, det viskades i hennes
mun, det susade runt och blev till ett ganska
svagt..
- ..*Jaaaha*...och så lite starkare,... *Jo, Mustafa
det vill jag...faktiskt.*
Denna modiga starka flicka som upplevt
bombanfall, kastat sten, gripits och i sista
minuten rullat av en israelisk militärbil. Alltid
rest sig, om dock skakad, blivit skadad men
alltid övervunnit smärta och rädsla, chock och
förtvivlan. Tänk att hon, just hon nästan
tappade rösten och nästan svimmade – det
var hon ganska säker på – just hon i detta
storslagna ögonblick då hennes älskade friade,
inte kunde svara med en stark vacker röst, ett
– *JA!*
Men summan av kardemumman, som hon
sedan långt efter, anförtrodde sin bästis
Rabbeha, det var ju att frieriet var gudomligt
vackert och naturligtvis sa de sedan ja till
varandra, tusen gånger invävda i kyssar. De
bestämde att gifta sig när Mustafa var klar
med sin utbildning till agronom.
Hur var det nu, fem dagar och fem nätter, hur
mycken kärlek kan inte blomma och växa, hur
långt över kullarna förs inte alla bedårande
viskningar av vind och fåglar. Alla dikter som
diktas av två lyckliga älskande unga mäniskor,
som under dessa dagar och nätter äger hela
himmelen, alla olivträd, alla stjärnor som
blinkar så förtroligt, som faktiskt tror på en
lycklig framtid.

*Jaja suckar det i träden, se upp kära barn ser ni
inte farorna, är ni kanske blinda för allt utom
för varandra. Träden gnider sina grenar suckar
och försöker hitta en förtröstan någonstans.
Vinden viner skär in mellan träden, tar fart
mellan mogna granatäpplen oliver fikon. Det
håller inte du gamla skabbiga träd, plågan
kommer, ser du inte det, ska du dilla om lycka
när jag ser stormens brutalitet på väg. Se upp
du gamling snart vänder det som det brukar,
snart kommer de, de som vill vårt älskande par
så illa, så brutalt. Men vi följer dem ännu en
stund, en ljuv stund av skiraste drömmar, av
kärlek för kärlekens skull, till kvinnan och
mannen fyllda av sannaste hetaste kärlek och
tro på framtiden.*

Klockan är fyra på natten eller ska vi säga
morgonen för tuppen har just galt. Det är fem
eller sex tunga militärfordon som kommer
dånande. Elen i hela byn har de stängt av
redan klockan två. När bromsarna slår till
med hörbart gnissel, vaknar så gott som alla
utefter bygatan och även längre in bland
husen. De israeliska soldaterna är högljudda
då de hoppar av bilarna och rusar mot det hus
som hör till familjen Shafaq, där de älskande
sover, - visserligen i var sitt rum, de är ju inte
gifta ännu, - eller just har vaknat i skräck. Ja
alla har vaknat och skyndar sig till varandra,
söker skydd hos varandra. Mustafas bäste vän
Samir har sovit på en soffa i köket där en av

ytterdörrarna är. Han rusar upp, ropar åt alla i huset.

- *Israelerna är här, israelerna*!!

Soldaterna sparkar och slår in dörren utan att visa någon allmän artighet att knacka, och därför inte kan vänta sig att någon skall öppna. De slår alltså brutalt in dörren, går lös på bordet där innanför, soffor skåp allt som kan slås sönder.

-*Ut,* skriker de, *ut på gatan era hundars avföda! Vi söker terroristen Mustafa, var är du din lus, din fördömda skit kom hit nu och ni andra, varför gömmer ni en sådan skit till förrädare, en mördare, en terrorist...ut allihop*!

Samir som är den som tycks stå i vägen för deras framfart, ja honom skjuter de ner, ner på köksgolvet i en blodig hög, samtidigt som de får syn på Mustafa. Han får ett skott i armen.

Strax kommer planen och bomberna faller, så även grannarnas hus blir till sten, grus och sand. Människorna kommer inte alla levande ut, en del dör, andra blir gruvligt skadade, någon, ett litet barn klarar sig helskinnad. Mustafa körs iväg trasig och blodig till ett fängelse i Negevöknen. Där lappas han hjälpligt ihop, så att han ska klara att torteras från och till den närmsta tiden. Mustafa är skjuten i ena armen, hans bäste vän Samir, är död, mördad.

BÄSTA VÄNNER

Shafaq och Rabbeha sitter med korslagda ben under ett olivträd och talar. Mest är det Rabbeha som ivrigt tar upp än det ena än det andra ur deras gemensamma minnesburk. Hon vill så gärna se ett leende spridas i Shafaqs bedrövade ansikte.

-Minns du, säger Rabbeha, *minns du när vi var små och satt så här och tävlade om vem som kunde hitta på det konstigaste arbete man kunde ha när man blir stor? Minns du en gång du vann, för jag blev alldeles paff åt vad du sa? Kommer du ihåg vad du sa?*

Shafaq torkar några förvirrade tårar och ser sorgesamt på sin bästa vän.
-Det var ju hundra år sedan käraste du, men jag tror, ...och det uppstår ett litet snett leende i det bleka ansiktet, jag minns nog att det var, "Mamafredssoldat".

-Jaha och kan du nu förklara vad det är, hur du tänkte? Jag har nu undrat i hundra år.

-Jo du förstår, du minns kanske när det bombades när vi var fyra år, inte första anfallet för då låg jag i famnen på en hund, som först räddade mig med sin värme, sedan tyckte jag han svek mig för han dog. Andra anfallet som kom just då stjärnorna tändes, just då brakade det lös, ja du var inte här hos mig utan hos Amo

och Amto i Jenin. Då fällde israelerna flera
bomber här i byn och jag var ensam ute, jag
letade efter åsnan tror jag. Då efter alla
bomber, hittade jag först inte mamma. Jag
klättrade upp i ett träd och där i trädet satt jag
länge och jag blev trött och hungrig. Värst var
det att jag hela tiden höll på att somna och då
kunde jag ju ramla ner. Det var jag jätterädd
för. Jag såg inga människor, såg bara vår
trasiga försvunna gård, inget hem mer, inget
kök att springa in i och få en kaka, en kram av
Mama. Allt var tomt, fult och skrämmande. Då
tänkte jag att det skulle finnas, ja jag skulle
uppfinna soldater som hette fredssoldater, och
de skulle skydda alla Mama alla Umm i hela
världen, så inte några barn skulle vara utan en
Mama. Så blev det i mitt barnsliga lilla huvud.
Shafaq börjar skratta med tårar som droppar.
Rabbeha faller in i skrattet, kramar varandra
gör de och Rabbeha säger mellan skratten.
 - *Det var det finaste och kanske konstigaste*
jobb jag hört. Ska vi bli det, du och jag och
rädda alla kvinnor, för här i Palestina är ju alla
kvinnor förr eller senare Umm, Mama till
många barn.

-Mmmm, men du Rabbeha, tror du de torterar
min Habibi nu, tänk om de hänger honom i
fötterna och slår honom, sparkar honom
och....jag vet att de gör så....det har väl du också
hört och.....

Shafaq gråter sprutande tårar, hon vattnar den torra jorden.

-Ssssch käraste, inte det värsta inte så, nej han kommer nog snart ut, det har ju gått nästan två månader. Kanske får du besöka honom tillsammans med hans Mama och Baba. Vi måste tro det bästa, han har ju inget gjort, det var ett misstag . De trodde han hade förberett eller hade något med några i Tyskland att göra. Och det vet vi ju att han inte har. Han skulle aldrig riskera att förlora sin utbildning. Han är helt oskyldig, tänk på det. Nu tror jag det är tid att gå hem till din kära Mama, hon behöver all hjälp hon kan få, nu när din Baba är borta och ditt bröllop hänger i skyn.

-Ja du har rätt som vanligt, hon tog det väldigt hårt med Mustafa, hon älskar honom också, han är en så god man...och vacker! Kom vi skyndar oss! Vem kommer först?

....

Tid, hur mäter man tid? Är den lång eller kort, outhärdlig eller försvinner den bara? För någon, en ung man mitt i sin utbildning, på god väg att gifta sig, då är det förstås vidrigt långsamt med en vecka, en månad, två månader, särskilt om han befinner sig i ett litet kallt rum utan fönster, där råttor och diverse småkryp trängs med honom. Det har gått en evighet sedan jag skyfflades hit, tänker han, samtidigt som han inte riktigt vet vart tiden tog vägen. Han gör som han hört andra gjort och som han kan se på olika ställen på väggarna då glödlampan är tänd i taket. Han rispar med ett skaft till en avbruten sked eller gaffel. Svårt att se vilket. Han fann den i en av de springor råttorna pressar sig igenom då och då. Längst ner bakom dörren när den öppnas, där ristar han ett sträck varje gång dörren öppnas och han får en mugg vatten bröd och en hink till diverse. Allt hämtas efter en stund och detta sker vad han tror varje morgon. Så räknar han dagar och nätter, så försöker han få grepp om tiden.

- *Vart tog sommaren vägen,* utbrister Shafaq där hon står under olivträdet, känner på de nästan mogna frukterna.
-Snart dags att skörda. Rabbeha, vad konstigt med tiden, alldeles nyss var det sommar och tiden gick fruktansvärt långsamt, räknade dagar och nätter som Mustafa var i fängelse och nu plötsligen är hela sommaren borta. Det är höst....min Habibi är fortfarande i händerna på torterare, mördare!
Shafaq är arg bitter på livet som så orättvist trasat sönder hennes unga liv, som tagit hennes älskade, hans utbildning och bröllop fest och glädje. Alla på gården, familj släktingar arbetare, alla hjälper till att bygga upp det bombade huset och grannhuset. Det är så man gör, alla hjälper till att bygga nytt hus, laga det som går, om det finns något kvar

att bygga laga med. Kanske finns det ett rum
eller i bästa fall ett kök kvar och då byggs det
upp runt om. Är allt i ruiner är det svårt, ja
omöjligt. För material går ej, får folket i
Palestina inte köpa någonstans ifrån och inte
får de nya bygglov heller. Det där med bygglov
gör Shafaq rasande.

*-Varför måste vi ha nytt bygglov när de bombat
sönder hus som stått i evigheter! Kan någon
förklara det för mig?*
*-Habibti, det är för att vi ska tröttna på eländet
och fly vår kos. Bombar de sönder tillräckligt
många hus kan de annektera resten av byn och
bygga egna bosättningar,* suckar Mama.
Familjen tränger ihop sig i det lilla rum åt
öster, det som Shafaq och hennes systrar
tidigare haft som sitt, det enda som återstod
efter bomberna som vräkte väggar möbler
porslin åt alla håll, som tjöt och dundrade ner.
En del nätter kan Shafaq inte sova, då smyger
hon upp försiktigt för att inte väcka sina
systrar. Hon tassar tyst på bara fötter, klättrar
upp på den mur som ska bli ny vägg till köket,
där hon får sällskap av syrsor som gnider
fram sina lockrop, gnisslande i kör upp mot
stjärnorna runt omkring Shafaq. Hon sjunger
tyst för natten, för sig själv, för Mustafa
någonstans under samma himmel.

Kan du höra nattens sång Habibi
kan du se stjärnorna
är vi inte under samma himmel säg
jag saknar dig
dina mjuka händer
leendet som smyger fram
från solens uppgång i öst
till kvällens löfte om kärlek i väst

Hon sjunger den om och om igen, som för att
beveka nattens vindar att föra den till honom,
sin älskade Mustafa.
Inte vet hon riktigt hur det ser ut där han
finns, är inlåst, kanske vill hon inte veta just
nu. Att få kunskap om den hela grymma
sanningen, skulle nu i sköra nätter brutalt
skära i hjärtat. Nej bättre då att tala till hjärtat
hon känner och känner än bättre i påtvingad
åtskillnad.

Solen vräker sitt ljus över landet,
människorna, träden, de mogna frukterna,
men i Shafaqs värld är det mörkt. Någon har
talat om tortyr, beskrivit ingående, någon som
själv varit fängslad. Vrede, förtvivlan, sorg
blandat med stor kärlek tar över närvaron.
Det är svårt att tänka på något annat nu.
Shafaq har ansökt om att få besöka sin
trolovade, för de hann ju förlova sig den där
förtrollade natten. La, la, nej, hon vill just nu
stryka det ordet, låta det försvinna, torka bort
i Negevs öken!
Skördetid är skördetider av många olika

frukter och grönsaker. Oliver, fikon,
granatäpplen, jojoba, zucchini, squash,
cucumber, dadlar och inte minst tomater, fast
inte just samtidigt. Allt arbete får de flesta
människor farmare, familjer att glädjas åt
goda år, åt gemenskapen, kärleken till
varandra, till jorden som åter ger så många
gåvor. Vårt Heliga Land, så talar man gärna,
ofta och med stort allvar.
Men Shafaq har svårt att känna glädje detta år,
det går inte. Hon känner en tyngd över sina
unga axlar, benen vill inte bära henne,
orättvisan är så stor, så stor. Hon sitter på
marken med korslagda ben, sorterar oliver, de
flesta fina, lägger dem i trälådor. De ska sedan
bli olivolja, pressas och hällas på flaskor, eller
sparas som de är i lite saltvatten. Lite längre
bort sitter Rabbeha och sorterar de fina oliver
som ska läggas i burk. De ser lite då och då på
varandra och känner glädjen i att de finns i
vänskap.

Höst övergår i vinter, vinter i vår.

Shafaqs väntan har övergått i frenetisk
aktivitet. Hon har bestämt sig för att sy,
brodera den palestinska klänning, dishdash,
som är typisk för Burqin där de ska bo. Den är
mycket vacker med många korsstygn i fyrkant
över bröstet och blomrankor utefter sidorna.
Hon är flink med sina fingrar, nålen går upp
och ner i väldig hastighet. Tyget är svart av
finaste kvalité, som hennes Mama lyckats

köpa på hemlig väg. Det är fast, svalt, tätt mot
vinden och förvånansvärt lätt. Broderiet är
rött som blod, rött som kärlek. När hon är klar
med sin kärleks-dishdash trär hon i en galje
som hon klätt med sammet, så den inte ska
halka av, utan hänga fint på en krok på
väggen, som ett konstverk.
Nästa dishdash ska få mer broderier tänker
hon, på ärmarna längst ner, komplicerade
former som går i varandra, geometriska
former och blommor som jag såg en kvinna
från Anza hade, som var med under
olivskörden. Ja, jag ska skaffa mönster från
alla Palestinas folkdräkter.
Mellan varven lagar Shafaq mat. Hon lär sig
mer än vad hon kan om palestinska rätter,
mer än vad Mama lärt henne. Hon ska bli bäst
på allt tänker hon, bäst på allt, tills Mustafa
kommer hem, tills bröllopet ska stå. Också
bäst på kärlek, det är ju klart.

En dag i tiden när solen står som högst, när
hettan når sin höjdpunkt, när människor och
djur söker skugga, människor inomhus dit
solen inte når, djur under träd, bakom hus och
skjul, ja överallt där något högre än de själva
växer eller finns, där lägger de sig makligt
flämtande. Också Shafaq och Rabbeha.
Shafaq har just slumrat in under det stora
kraftiga tusenåriga olivträdet. Nära ligger
vännen Rabbeha. De ligger på en filt, har en
karaff vatten mellan sig, har legat och pratat
om broderier och maträtter, talat om kärlek

och män, vackra intelligenta goda män. Alla är ju inte sådana, men Mustafa är just så, det vet Shafaq i sitt hjärta och Rabbeha håller med. Hon har också en Habibi, än så länge hemlig för alla, alla utom för Shafaq. Så somnar de.

Tutande hörs i fjärran, bilars brummande och nu då de närmar sig, hörs även sång och musik. De unga kvinnorna är klarvakna på en sekund, rusar upp, springer ut på bygatan, hjälp vem är det, någon är fri från fängelset, hej hallå! Snart är husets alla människor och djur vakna. Huller om buller väller de upp på vägen, börjar klappa i händerna, sjunga och dansa på stående fot. Snart står det klart för alla vem som kommer. Gnisslande bromsar, djupa starka mansröster blandas med kvinnornas glädjetjut. Allahu akbar min son, hörs det. Habibi Mustafa du är fri Ahlan Ahlan, skriker Umm Mustafa, som hört ett rykte om frigivning, så hon har de sista heta dagarna varit i Shafaqs familjs hus. Nu håller hon om sin son, vaggar från sida till sida, glädjetårar blöter ner Mustafas tröja, han gråter på sin Mamas hijab.
Alla väller in i det lilla huset, te kaffe jos nötter och frukt dukas fram, alla kramar och kyssar på båda kinder. En del står, andra sitter och äter, pratar frågar, men fort ska det gå. Alla vill visa Mustafa sin respekt sin kärlek. En stund sitter Mustafa med armen om Shafaq som tävlar med solen och stjärnorna i att lysa, skina. Hon är så totalt lycklig. Mustafa dricker

kaffe ur liten vit kopp med blå blommor på.
Som han saknat detta, just detta att sitta i ring
med familjen och vännerna, dricka kaffe och
prata. Shafaq lutar sig mot Mustafa, sniffar
hans lukt, tänker just nu ingenting. Men i
morgon det bara vet hon, då ska de tala med
varandra om allt och inget och om något
väldigt viktigt.

Snart packar alla in sig i bilarna, några nya
bilar till har kommit. Så far man iväg mot
Samirs hemby där hans släkt väntar. Visst
man firar att Mustafa är fri, men det är också
Samir man vill hedra, Mustafas bäste vän som
blev skjuten till döds, mördad för sin kärlek
till sitt land Palestina. Mustafa gråter.
Bilkaravanen är lång, det sjungs och viftas
med flaggor. Mustafa står upp i en liten Fiat
med halva kroppen ovanför taket, vinkar. Folk
viftar, ropar glada tillrop, klappar i händerna
och många sluter upp med fler bilar,
proppfulla med glada människor. Det är svårt
att se var karavanen tar slut. Det tar några
timmar, det blir många stopp, mörkret faller,
endast billyktor syns som en jättelång
lysmask där den slingrar sig uppåt kullar och
berg. Sånger ekar under stjärnorna när man
når den lilla byns torg.
På torget väntar Baba Abu Samir, Amo, Amto
och på en stol sitter Jiddo Samir som snart är
hundra år.
Mustafa lyfts upp högt över folkmassan, som
snabbt växer ju fler bilar som kommer fram.

Han hissas hyllas pussas kramas, alla vill visa honom sin respekt vänskap. Någon har en mikrofon till de uppmonterade högtalarna, hyllningstal hålls det ena efter det andra till ljudliga applåder och hejarop. Också tal med respekt och hyllning för Samir. Då dallrar plötsligt luften av en sorg så stor av en vrede än större.

Så på den uppbyggda scenen samlas musikanter och musik fyller alla utrymmen, känslorna når en omätbar höjd då alla män börjar dansa. På en stor terrass på ett tak som är täckt av vinrankor, där har barn och kvinnor samlats. Kaffe te jos och kakor skickas runt, barnen leker och skrattar, många kvinnor lutar sig över terrassmuren, ser på de dansande männen, ler åt deras sång. Kvinnorna överglänser varandra med medhavda bakverk, berättar saker de vet om Samir och Mustafa, hans vänner, deras söner eller döttrar som också varit fängslade eller fortfarande är det. Festen där allvar glädje och vrede blandas, varar i timmar. Natten är varm och mörk, fylld av hoppfulla stjärnor. Alla kvinnor tycks känna varandra, vet i alla fall vem som är vem, barnen ropar snart efter mat. Alla förflyttar sig in i huset där några redan förberett olika maträtter i små och stora skålar, också nötter och frukt. Ett riktigt kalas med salt och socker i det heliga landet av mjölk och honung.

DEN LJUVASTE AV DAGAR

*-Idag gifter jag mig, jag ska gifta mig med
världens underbaraste man, hör du det
Rabbeha!*

*-Jaja stå still den här slöjan är så lång och svår
att fästa, jag måste ha fler hårnålar, men
heliga värld vad vacker du är i den.
Rabbeha gråter och då gråter Shafaq också,
tårar flödar men det är ju av glädje denna dag.*

Snart står de så vackert på en liten scen byggd
bara för dem, för deras händer att mötas,
blickar fyllda av sann kärlek, fötter i nya skor.
Shafaq och Mustafa.
De ser på alla kvinnor som dansar. Shafaq
gläds över att se sin Mama dansa vilt och
vackert där i mitten med alla byns och
släktingars kvinnor i galet vacker dans. Runt
runt dansar de med varandra, kvinnorna.
Männen är i ett annat rum och dansar. Det är
bara brudgummen som får se kvinnorna
dansa med utsläppt hår, utan hijab.
Shafaq och Mustafa stiger ner från scenen,
musiken växlar till jublande sång, ökar i takt, i
högtidlighet. De håller varandras händer, för
varandra, han lägger sin ena arm runt hennes
midja, snurrar, släpper, hon tar den
traditionsenliga käppen, håller den i handen
tillsammans med honom. De snurrar,
klänningen dansar omkring henne, de släpper
käppen, de svänger i virvlar. Alla kvinnor står

och klappar, sjunger med i musiken. Han
lyfter henne, dansar runt med henne, kysser
henne och hon honom i dansen.
Nu är väl lyckan fullständig. Klar. Och så levde
de lyckliga i alla sina dagar!

eller?

KLOCKAN TVÅ PÅ NATTEN

Shafaq och Mustafa bygger eget. De bygger
utan lov, men huset var övergivet och bara
halvt raserat, någon gång bombat av
israelerna. Läget är fint med många olivträd
som de övertar. Livet verkar så gott och de
älskar varandra så mycket. De jobbar med
huset, de jobbar med träden, odlingar av
tomater timjan mer och fler sorter. De vill ha
allt och det är mycket, många sorter av frukter
och grönsaker. Även om Mustafa inte fick gå
färdigt sin utbildning kan han mycket om
odling också genom arv och tradition. Shafaq
har också ärvt massor av kunskap genom sin
familj och släkt. Ja livet ler och solen flödar. En
månad försvinner i glädje och arbete. En
månad som tidigare hade varit oändligt lång,
då de var åtskilda. Två månader kan också det,
bara flyga iväg.
De har inrett ett kök förstås och ett sovrum
där de låter kärleken växa. En stor skön säng
med sängbord på var sida och varsin liten
lampa. Den unga kvinnan Shafaq dansar på
lätta fötter mellan sina olika sysslor. Det
känns som om hon aldrig kan bli trött.
Kärleken har öppnat en ny värld i henne där
hennes livsglädje, styrka och sina envishet
har fritt spelrum. Under de få timmar av vila
hon unnar sig, låter hon händer leka och
smeka den man hon delar säng och sitt liv
med. Hon låter sig kyssas med villiga läppar,
på kinder blossande av hetta, i halsgropen

som Mustafa tycker så mycket om. Hans tunga hittar hennes väntande bröstvårtor, söker sig ner på den varma mjuka magen, landar upphetsat darrande i hennes fuktiga sköte. Månen ser vad som sker, stjärnorna blinkar nervöst. Marken skakar, sängen gör ett hopp, dörren brakar sönder, två soldater skriker hysteriskt till Mustafa. Igen. Han får en smäll på sidan av sitt huvud, det huvud som nyss varit upptagen av älskogens mysterier. Mustafa har så snabbt han kan dragit på sig byxor och en tröja. Han får ett slag över ryggen, stönar till av smärta, tänker att han fort måste ut, så brutaliteten inte drabbar Shafaq. Han kastas in i en militärjeep, får för säkerhets skull några hårda sparkar i bröstet och i skrevet. Några revben knäcks och det gör ont där det inte borde göra ont Mustafa är på väg i fängelse igen.

JAG BÄR VÅR SON

Allting snurrar i Shafaqs värld, i huvudet
snurrar tankarna, i magen rotar alla känslor,
hjärtat känns som det snurrar det också, det
är ju fullt av kärlek som skriker för att få
komma ut. Två månader räcker inte, det säger
sig självt. Två månaders äktenskap är ju bara
en doft av den himmel hon längtat och
trängtat efter. Hon svär lite grann känner efter
om det finns ord för den vrede hon känner vill
komma till tals.
Hon får besök och kramar, ibland mat av sin
familj sin Mama, också av Mustafas familj.
Efter arton skitjobbiga dagar och nätter står
han där plötsligt mitt på köksgolvet, blek
trasig. Den omfamningen glömmer de aldrig.
Så mycket som strömmade mellan dem. Där
gick orden vilse.

Olivträden därute vajar svagt, susar,
stjärnorna blinkar åter nervöst.

Räcker det inte nu satans israeler, sionister
soldater i tonåren gå hem till ert bakom den
gräns ni skapat, var nöjda någon gång, tag era
vapen, bilar, skrik och slag och gå hem till era
familjer och försök att bara leva vara
tacksamma för livet ni har. Läs en bok.

Familjerna samlas för att välkomna Mustafa,
krama kyssa lätta upp hans sinne, ge värme åt
själen. Mustafas bror kommer med hälsningar

från vänner som tänkt på honom, känt med
honom,
.........och då kommer de igen......va...är det sant,
är det verkligt ....!!

- *Ut ut*, skriker de, rappar till folk stora som
små, rappar med hårda kalla skjutvapen,

- *Ut alla utom du*, skriker de och tar tag i
Mustafas bror. De slår honom lite extra
mycket, sliter sönder honom, sedan ut och in i
en bil.
Kvar på marken ligger och står, två skadade
familjer. Finns det ord för detta. Mustafa
släpptes ur fängelset, för att de skulle ta hans
bror, bror leder till bror.

Stjärnornas nervositet omgärdar dem med sitt
blinkande. Mustafa tänker att han ska skydda
sin habibti genom att sova ute, borta från den
han älskar, skydda henne och sig själv. Har de
tagit hans bror så kan de ju ta hans hustru om
han finns där. Ja så tänker han.
Han kommer bara hem för att äta. Några dygn
en vecka går och så, himmel och helvete!!
Det räckte alltså inte med brodern. Shafaq
skriker när de stormar in då Mustafa sitter
och äter frukost.

- *Vad gör ni,* skriker hon. *Han äter ju bara sin
frukost, har inte gjort er något, sluta, låt mig få
ha min man ifred!*

Nej, de låter henne inte ha sin man ifred. De
kastar snabbt in honom i en militärbil.

*-De för honom till fängelset i Negevöknen. Det
är långt dit. Men vad gör väl det om jag bara
får besöka honom, se honom. Jag kan gå genom
eld och vatten, genom sand tills sanden är
blodig, för min älskade Mustafa.*

Så ropar en älskande ung kvinna, rakt ut i
natten, upp till de sorgsna stjärnorna.

*-Kära du, lyssna nu, i denna tid bär jag på min
son Mahmoud. Min man är fängslad när jag
föder vår son. Jag ser inte min man på ett och
ett halvt år. Jag och vår son får inte besöka
honom.*

Och livet går vidare, särskilt som ett nytt liv är
på väg. Shafaq stryker med handen över sin
mage, hon ler mellan en störtflod av tårar,
känner desperation blandat med en märklig
glädje. Hon ringer sin Mama, berättar med
darrande röst om undret i sin kropp, får små
glädjerop till svar men hör också oron, den
där nervositeten som alltid finns där när
soldater som tar ens man, till det lilla helvete
de skapat, för en tid, för alltid, levande eller
död. Osäkerheten skräcken de så medvetet vill
ha, israelerna.

I Shafaqs lilla värld kommer nya tankar,
tankar som får henne att le när tuppen gal i

gryningen. Det är ofrånkomligt, naturens sätt
att hälsa välkommen, förbereda jordens barn
att ta emot, ta hand om ett nytt liv, ja i
synnerhet där så många liv spills i onödan.
Barn som skjuts, föräldrar som slås sönder,
syskon som i förtvivlan kastar en sten och får
en kula någonstans i sin kropp tillbaka.
Shafaq målar de väggar Mustafa och hon
lyckats bygga upp, hänger upp tyger på väggar
och i dörröppningar över ett par gluggar till
fönster de gjort. Hon broderar på tyger hon
ska ha att linda den nya människan i, lägger i
ordning fina små högar av kläder till den lille,
täcker över med fina tyger så de inte ska få
damm eller annat på sig.
Mitt i stöket en tidig morgon hör hon en kär
röst sjunga därutanför.

*-Rabbeha hallå är det verkligen du, är du här!
Kom in får jag hålla om dig, vad fin du är, hur
mår du, kom sätt dig, vill du ha kaffe eller te, är
du hungrig, åh vad du gör mig glad som
kommer till mig.*

*-Jag mår bra, förlåt att jag inte hann träffa dig,
innan jag, vi flyttade, men det var ju under
intifadan, allt var kaos. Jag hörde om Mustafa,
han har visst åkt in och ut. Och ni flyttade hit
och vi till Amman.*

*-Ja, jo och nu är han där igen, fast denna gång i
Negev. Det är vidrigt och mitt i allt väntar jag*

vårt första barn.

*-Jag vet, fick höra det genom Mama som hade
talat med Umm Shafaq. Då tänkte jag, nu eller
aldrig. Det var lite nervöst vid bron du vet,
annars har det gått bra. Se här jag har lite
babykläder och tyger från våra kusiner, som
förresten alla hälsar och förstås gratulerar och
ber till Allah att Mustafa ska bli fri snart och
att allt ska gå bra.*

Rabbeha vänder upp och ner på en stor kasse
hon haft med sig. Det är inte en liten hög! De
fnittrar båda åt mängden som kunde räcka till
femlingar.
De sätter sig i köket där en grön mjuk soffa
med tillhörande bord huserar. Något stort
rum har de ännu inte, köket och sovrummet
är fint nog. Kaffet är gott och bröden doppade
i olja och joghurt med oliver till smakar
underbart.

-Vem kommer till dig när det är dags? Rabbeha
ser fundersamt på Shafaq. *Har du tänkt på
Umm Jousef, hon är en bra barnmorska. Jag
önskar jag kunde vara här. När blir det, och
dina systrar, du har ju så det räcker och kära
Umm Shafaq kommer väl att övervaka kalaset.*

*-Jo det tror jag nog, och ja jag har tänkt på
Umm Jousef, hon hjälpte faktiskt mina minsta
småsyskon till världen. Tänk om du kunde vara
här, vad fint det skulle kännas. Lille baby lär*

*nog komma i januari, hmm vi får hålla spisen
igång då. Vad tror du, kan du vara här, om inte
då, så gärna innan. Det lär bli jobbigt att vara
själv på nätterna du vet.*

*-Det låter på dig, för det första, att du tror det
blir en son en liten pojkskrutt, och för det andra
verkar det som du tror att Mustafa inte är fri
då?*

*-En liten pojkskrutt tror jag nog, den finaste i
hela Palestina, hela världen så klart.*

Shafaq ser för en stund alldeles glad och
fridfull ut, men så kommer eftertanken och ett
moln av gråhet skuggar hennes unga
kvinnoansikte.

*-Jag vet inte längre vad jag ska tro, allt blir så
virrigt när jag tänker på alla de gånger
israelerna hamrat sönder vår dörr, slagit
Mustafa och hans bror. För att inte glömma
Mustafas bäste vän som blev mördad, samma
gång som Mustafa blev skjuten i armen, minns
du, det gör du nog för det var väl efter det,
under intifadan som du försvann. Kom, jag vill
hålla om dig en stund.*

Rabbeha stannar flera veckor, hemma i
Amman har hon sin käre man, men han har
glatt meddelat att han klarar sig bra. Han
jobbar mycket och är bara glad att hans

käresta kan vara till glädje och nytta hos den
som nu behöver henne allra bäst.

Veckorna fylls av mycket prat, så många
händelser med människor de känner och
kände som stod dem nära, barn har fötts, folk i
deras släkt har gift sig, en del dött, andra
drabbats av någon sjukdom och alla dessa
bodde så till, att Rabbeha eller Shafaq inte
kunnat närvara. Det finns ju en gräns som
delar landet, som styckat så det är omöjligt,
det vill säga förbjudet att ta sig från en stad
eller by till en annan. Soldater, israelerna finns
där synligt och osynligt.

Men på det stora hela tycker Shafaq, att det är
fint varmt och kärleksfullt med sin bästa
barndomsvän nära sig.

De ger sig också på arbetet med det tänkta
duschrummet. Där hade tidigare funnits ett,
men blivit förstört av ilskna soldater. Vilken
gång i ordningen det var, har Shafaq glömt.
Toalettstolen har klarat sig men resten har
förvandlats till skräp och en samling stenar.

De får en del hjälp av Shafaqs bröder och
systrar, nu när skördetiden är över. Ibland är
de så många i det lilla utrymmet att Rabbeha
och Shafaq, en och annan syster och kusin, blir
utkörda till köket där kaffe och mat väntar på
att bli tillredda. Ett skåp dyker upp av någon
som har ett till övers. Det blir fin plats åt alla
små kläder, tyger och annat. Tänk att livet
också kan kännas så gott, om nu bara Mustafa
vore här...............

..........men det är han inte och Shafaq sover.
Hon väcks plötsligt och känner att nu är det
dags. Det är flera månader sedan Rabbeha for
hem. Hon stannade i alla fall i en dryg månad
och sedan har syskon, Mustafas familj och
släktingar dykt upp titt som tätt. Inte en dag
har gått utan att det suttit stått och gått
kvinnor unga och gamla, i hennes lilla hus. Allt
är nu rent och fint och alla väntar på den lille.
Och så händer det.
Shafaq ropar till, Mustafas syster Heba
kommer in från köket där hon sovit de sista
nätterna.

*-Är det dags, har vattnet gått, får jag se, så
andas nu lugnt, jag ringer Umm Jousef.
Hallå det är Heba, det är bäst du kommer,
vattnet har gått, värkarna är kraftiga nog. Jaja,
jag sätter på vatten, och kaffe till dig. Kom fort.
Så kära syster vill du gå upp och röra lite på
dig, det är bra om du gör det. Jag fixar din säng
under tiden.*

-Oh aj aj aj vad ont det gör!
*-Andas lugnt Shafaq, vänta med att krysta tills
jag säger till. Du är jätteduktig.*
Umm Jousef lyssnar med ett trästetoskop på
magen, kontrollerar hur många centimeter
som är öppet. Det går ganska fort,
förlossningen, födseln av en ny liten
palestinier. Shafaq skriker av smärta blandat
med ilskan över livets orättvisor. Varför kan

inte Mustafa få vara här hos henne? Varför
föda ett barn till denna värld fylld av ondska!
-Aaaj ! Shafaq stönar och krystar och nu
släpper allt, känns det som.
-*Grattis Shafaq, du har fött en son!*

Umm Jousef lägger den nyfödda lilla
människan på Shafaqs mage, och ler med hela
ansiktet. Heba får äran att klippa
navelsträngen. Hon kysser den lille på pannan,
virar in honom i en liten filt och lägger tillbaks
honom i Shafaqs famn.
Med sin bebis på magen, är alla arga tankar
borta. Shafaq skrattar av lycka, nu i denna
stund känner hon bara glädje och tacksamhet.
Allt är över och hon talar med sitt barn.

-*Visst är du ett gossebarn, min son, ett alldeles
underbart vackert litet kärleksbarn, du är min
och Mustafas son. Du luktar så gott, du är så
välkommen till vår värld, hur den nu än ser ut.
Snart en dag får du träffa din Baba.*
-*Ja jag måste gråta en skvätt kära min vän, vad
duktig du har varit, du jobbade bäst av alla
mammor i Palestina. Jag önskar er all lycka*,
säger Umm Jousef - *nu ska du vila. Jag
kommer tillbaks om några timmar och ser till
er. Och kära Heba, ring nu Umm Shafaq och
Umm Mustafa, alla i familjen*, lägger hon till.
Vilket inte behövde sägas två gånger. Nästa
dag var huset fullt av kvinnor, män och barn i
alla åldrar. Förstås firas den unga mamman
och hennes lilla son hela dagen till ganska sent

på kvällen. Shafaq är lycklig med sorgsna tårar, ingen Mustafa, men kanske får hon tillåtelse att besöka honom nu när de har ett barn, tänker hon. Kanske om några veckor när hon återhämtat sig en aning. Tredje dagen och natten var bara Mama hos henne och på morgonen sätter hon sig på sängkanten, klappar sin dotter på handen, säger.

-Habibti min, nu äter vi en god frukost, sedan måste jag hem, men dina systrar kommer till dig. Och jag tror att Amto Areen är på väg också. Var glad mitt hjärta, allt ordnar sig ska du se och du är välkommen hem när du vill med vackraste din gosse.

Just då hör de dörren öppnas, där står AmtoAreen strålande glad med paket och blommor.

-Amoora, min vackra flicka, så vacker du är. Får jag se din son. Välkommen käraste gosse.

-Tack fina Amto, tack för att du är här. Det är så förskräckligt tomt utan Mustafa.

-Det är väl klart, men du ska se han blir nog fri snart. Han har ju inte gjort någonting.

Amto Areen håller varmt och länge om Shafaq.

Efter frukosten med alla runt det lilla bordet i köket, pussas och kramas det väldeliga innan en stolt Umm Shafaq beger sig hemåt.

*-Jag säger åt dina systrar att vänta ett par
dagar tills soffan är ledig igen, för du stannar
väl ett tag, Amto Areen?*

-Ja självklart, en sådan lycka käraste vän.

Det är nu den femte kvällen i Shafaqs och
Mustafas sons liv, samma dag som Amto
Areen tar adjö.

*- Var rädd om dig och den lille, kom så snart du
kan på besök till oss, ja annars kommer vi
gärna om det går. Just nu är det lite oroligt
hemmavid. Det skjuts igen.*

De omfamnar varandra i glädje med tårar.
Systrarna är på väg.

Ute är det kallt, molnen stockar sig, döljer
månen. Stjärnornas hysteriska varnande
blinkningar, har ingen chans att nå de små
människorna där nere på Palestinas jord.
Vindarnas herre utövar sin makt, han dånar
och viner, tar tag i fruktträdens skönhet,
vrider och vänder på de urgamla trädens
grenar. Regngudinnan ger sig in i kampen om
vem som är starkast.

DEN LÅNGA VANDRINGEN till SOBHIA

Shafaq står på gatan själv med sin baby, det regnar och blåser är dödens kallt. Hon börjar gå, det finns inget hem kvar. Hon blev grymt utslängd med en nyfödd liten människa i famnen och ett sönderslaget hem i ryggen. Gryningen är ganska långt borta. Det är så kallt så mörkt. Vinden sliter i henne och hennes mycket lilla baby. Hon går vägen fram, har bundit en stor schal omkring dem. De är insvepta, skyddade i vackra färger i sidan. Som om det vackra skulle hjälpa. Går mitt i vägen utan att egentligen se någonting. En späd vacker kvinna med ett nästan nyfött gossebarn, tillsammans väger de inte mycket men sorgen är tung, den känns ofta som flera ton när den är stor. Och den är stor och så tung att Shafaq undrar om hon ska klara att bära den alls. Hon går och går mot vad, har hon alls tänkt på det. Rakt fram går hon i alla fall genom byn genom hela Burqin.
Hon kan fortsätta rakt fram och bara svänga en gång åt höger så kommer hon så småningom till sin hemby Muethlon, sin Mama, sina syskon, men svänger hon inte av till höger utan går rakt fram vid byns slut, då kommer hon efter några kilometer till Jenin. Vad ska hon nu där att göra, då sorgen är så tung att hon knappt orkar bära den?
Shafaq tänker inte, hon går inte fort, inte långsamt, hon bara går och hon går.

Jenin är ganska stort, särskilt om man bär ett
barn, en baby tätt tryckt mot bröstet. Det är
litet, men den långa väg hon redan gått,
kryper som en stor blind trötthet från fötterna
upp utefter de ganska smala benen. Den
kryper upp genom ryggraden till huvudet, där
hjärnan tagit ledigt från denna onda värld.
Hon går alltså mekaniskt, men från hjärnan
kommer ändå en signal, att snart måste
vandringen ta slut. Vart går hon då, vart för
fötterna benen henne.
Det finns i flyktinglägret som nog snart dyker
upp i all sin fattigdom, där finns en ung kvinna
som väntar. Det vet nu inte Shafaq helt klart,
men dimmigt i det förflutna finns hon där.
Smala gränder, kvinnor som bär vatten,
grönsaker, barn. Män som står eller sitter på
en plaststol, en tunna eller stenar staplade
med en planka till bänk. Barnen leker bland
skräp och sopor, de skrattar och ropar saker
till varandra. Oskulden blandas med
tröstlöshet, sorg och hoppet som skuttar fram
och tillbaka mellan människor. Vilja till
någonting annat än just det här, att leva
förvisad i sitt eget land utan möjlighet att
arbeta, röra sig fritt, besöka släkt och vänner,
studera. Alla dessa människor jagade,
bortjagade från sina hem. Det är så sorgligt.
Utanför ett skjul, ett ruckel, sopar en kvinna
frenetiskt. Hon sopar som ville hon sopa bort
själva den av år genomdränkta jorden,
impregnerad som den är, av avfall, urin och
allt som människor lämnar efter sig. Och

ingen plats finns för detta.
Hon heter Sobhia och bor med fem ur sin
familj i detta skjul. Då hon var en liten flicka,
fick hon privilegiet att följa med en äldre man
som en gång i veckan, hade tillstånd att hämta
varor till flyktinglägret. Oljan hämtades hos
Shafaqs föräldrar och så blev flickorna vänner.
Det var en högtidsstund för dem bägge. Först
brukade de äta, för Sobhia var alltid hungrig.
Shafaq förberedde genom att laga allehanda
rätter och tröttnade aldrig på att se den glädje
Sobhia åt allt med.
Sobhia ser Shafaq redan när hon svänger in i
gränden. Dödens blek, vacklande, med en
hand stöttande utefter ojämna stenar och plåt
i husen hon passerar. Sobhia anade att hennes
kära vän skulle komma. Hon visste genom
rykten att det hänt mycket även i Burqin, där
Shafaq bor. Hon släpper den stora sopkvasten
mot väggen, springer Shafaq till mötes.

*- Oh kära min vän, älskade Shafaq vad har
hänt, nej förresten säg inget nu, du ska komma
in till mig och få te först, oh du har en liten
bebis också, såja häng på mig, nu är vi snart
inne. Ni måste bli varma. Lägg dig. Något att
äta vill du nog också ha lilla Mama.*

Shafaq lutar sig tacksamt mot de uppbullade
kuddarna och baby Mahmoud suger glupskt
tag i ett bröst. Ett stort täcke värmer den arma
kvinnan som vandrat så långt en iskall natt

och nästan hela dagen.
De små smackningarna, klunkljuden har
tystnat. Sobhia kikar in i sovrummet och ser
att de båda kära vännerna sover djupt.

*-Bra, tänker hon, då hinner jag baka bröd. Vad
har jag mer, få se, olja tomater timjan och lite
fårost, hmm jag bakar in det.*

Efter två timmar hörs ett gnyende som snart
övergår i typiska små skrik.

- "Jag är vaken ta hand om mig!"

Och Shafaq sätter sig yrvaket upp med skräck
i blicken.

*- Hallå kära vän, hej Shafaq, hej baby, vad heter
du lilla vän, välkommen till din och din Mamas
vän som heter Sobhia. Mår du bättre nu, du har
fått tillbaka lite färg i alla fall.*

*-Sobhia, Sobhia tack, tack, jag minns väldigt
dimmigt hur jag kom hit. Var hittade du oss, på
vägen, i gränden eller i ett dike? Du är min
ängel. Det här är min son Mahmoud, mitt
kärleksbarn som just nu behöver ny blöja och
herre min skapare vad det luktar gott, jag är
jättehungrig, svulten, har inte ätit sedan igår
eller var det i förrgår? Jag har gått så långt,
vad är det för dag?*

Tårar droppar ner på Mahmoud och Shafaqs

ansikte skrynklas som ett russin. Sobhia skyndar sig att ta den lille och börjar byta, vecklar ut tygstycken efter tygstycken, hämtar varmt vatten från spisen med babyn i famnen. Hon har redan då de sov, förberett med att ta fram en liten balja och handdukar. Nu sänker hon sakta ner Mahmoud i det varma badet, han ser förnöjt på henne, rör stillsamt på armar och ben, blir tvålad och kommer väldoftande upp och blir invirad i handduk och filt, ser ut att vilja slumra in. Sobhia skyndar sig att sätta på ny blöja, stoppar ner det lilla byltet i sängen hos Mama.

-Vill du, orkar du berätta, jag har bara hört att Mustafa släpptes, men att de tog hans bror, vad har sedan hänt? Det är väl nästan två år sedan?

- Jo så här. Efter två veckor kommer de till mitt hem, de gör hemska saker mot min familj. De slår sönder dörren. Min man sover inte hemma av rädsla, utan på dåliga platser under träden där han får en massa utslag över hela kroppen. Han kommer hem för att äta och det finns män som inte är så noga, utan berättar för israelerna om detta. Så en morgon när han sitter och äter frukost kommer de och slår honom mycket och fängslar honom igen.

-Å kära min älskade vän, hur mycket ska du behöva uppleva! Jag finner inga ord.

-I denna tid bär jag på min son Mahmoud.
Min man är fängslad när jag föder vår son.
Jag och vår son får inte besöka honom.

-Och sedan, nu för en natt och en dag sedan
på natten, min son Mahmoud är bara fem
dagar.
De kommer på natten, det är mycket kallt
och regnar. De tvingar ut oss och förstör
vårt hem, vår oljemaskin. Allt förstörs, går
sönder.
Där står jag på gatan i regn och kall vind.
Jag tror det var då jag började gå till dig, hit
till flyktinglägret.

Sobhia kryper snyftande upp i sängen och
kramar Shafaq, sätter en bricka mellan dem
med te och de doftande nybakade bröden.

-Ät nu också och drick mycket te så inte
mjölken sinar för dig.
-Tack snälla fina du.

De sitter tysta en stund och det tycks dem som
om en ängel svävar genom rummet.
Shafaq tar en klunk te, gråter, tar en tugga,
gråter. Det är så jobbigt.
Hon kastar sig om halsen på Sobhia, känner
värmen, vänskapen och lite lite lugn.

-Tack för att du finns, du är så fin, jag visste det,
att du skulle finnas, långt inne i min skalle
bland all skräck och glädje, bortom förvirring

förödelse, där fanns du med ditt goda leende.
Det var långt att gå, men jag nådde ju fram.
Förlåt Sobhia jag bara pratar på, nu är det din
tur. Berätta vad har du gjort alla dessa år, du
har gått ut grundskolan för några år sedan,
förstår jag. Och gick du gymnasiet

SOBHIA

SOBHIAS BERÄTTELSE

*-Ja vi kan tacka Allah att dessa
hjälporganisationer finns, så vi har en chans att
gå i skolan. Jag var duktig och fick bra betyg.
Tog först examen i gymnasiet. Förstår du vad
det innebär....jag hann till och med studera på
universitet i Jerusalem ett år, innan intifadan
bröt ut. Jag var på en föreläsning, satt och
lyssnade, antecknade, när helvetet bröt ut.
Först hördes några höga skrik, sedan innan
någon egentligen hunnit reagera, skott på
skott, det ekade mellan husen, fler skrik både
mäns och kvinnors, till och med småbarnsskrik
som skar genom oväsendet. Alla i salen slängde
sig på golvet. Sedan när vi förstod att de inte
var inne i skolan, kröp vi eller småsprang
hukande mot de två utgångar som fanns till
salen. Många var dumma nog att titta ut
genom fönstren och blev träffade direkt. Det
var som att soldaterna däjage bara väntat på
det. Samtidigt hade några försökt ta sig ut på
gatan, de blev nermejade på störten. Tjugosju
studenter dog och femton blev skadade, varav
tre allvarligt och dog sedan på sjukhuset. Det
var ett blodbad. Intifadan hade nått oss. Jag
hittade en skrubb på andra våningen, en
städskrubb som jag visste fanns inne på ett
kontor. En kille som läste samma kurs som jag
hade följt efter mig, jag hade märkt att han
gillade mig, han och jag trängde ihop oss i
skrubben och stannade där tills nästa morgon.
Han sa att han följt efter mig för han ville*

beskydda mig. Ha sa jag, hur ska det gå till,
tycker det är jag som räddar dig. Han blev
generad men vi blev vänner på riktigt, kom
nära varandra. Kan inte låta bli att skratta lite
när jag tänker på det, vi var ju faktiskt så
fysiskt nära vi kunde. Men allvarligt, mitt i allt
det fruktansvärda som vi egentligen inte än
hade sett, men väl hört, så upplevde jag frampå
småtimmarna en väldig värme för honom. På
morgonen var det tyst, vi smög oss nerför
trapporna och det var så hemskt, blod överallt,
vi höll varandra i händerna, darrade båda, jag
kräktes på golvet bland allt blod, när jag var
tvungen att kliva över mina skolkamrater som
låg trasiga blodiga överallt. Soldater hade varit
där inne men inte kommit upp på andra
våningen, vi hade i alla fall inte hört dem så
nära. Just innanför ytterdörren satt en flicka
alldeles vit i ansiktet, läpparna var blå och hon
höll sig för magen, hon levde, men på andra
sidan låg en kille som var helt nerblodad och
ena benet såg inte ut att hänga ihop med hans
kropp. Jag satte mig hos flickan, höll hennes
hand. Hassan, han heter så min vän, öppnade
dörren och kikade ut, så sa han att han skulle
hämta hjälp.

- Herre du min skapare du har minsann också
upplevt helvetet, men fortsätt vad hände, hur
gick det med de stackare ni hittade och hur i
allsin dar kom du hem till Jenin?

Shafaq tassar ut i köket.

-Här behövs mera te, tänker hon, *inte klokt hur vi har det här i landet. Konstigt att vi inte blir galna allihop.*

De två barndomsvännerna bullar upp kuddar gör det bekvämt i sängen. Mellan dem ligger den lille och snusar och sover gott. Med varsin kopp te och bröd med ost i fortsätter Sobhia.

- Det är bäst att jag fattar mig kort, för snart kommer kusin Samir, Mama och Amto Amaal hem. Och min lillebror Ahmed. De är alla och hämtar mat i UNRWA:s tält, som gör sitt bästa för att hålla liv i oss.
Jo det var inte lätt att komma förbi alla soldater, vägspärrar, militärbilar och krypskyttar, utan att råka bli skjuten själv. Jag har ju i alla fall ett sådant pass som låter mig åka till och från Jerusalem och Jenin. Hassan kommer inte från Jenin, hans familj bor i Anza, känner du till den byn? Han har också ett pass. Vi måste förstås begära tillstånd hos den israeliska myndigheten för varje gång och ibland tar det tid, ibland säger de nej. Han är född fri, om man nu kan kalla sig fri i ett ockuperat land, inte född i ett flyktingläger i alla fall. Men vi kunde ändå ha sällskap hit till Jenin, sedan fick han fortsätta på egen hand, utan mig.

Sobhia suckar och känner sig bitter en stund, dricker lite te, ser sorgset på Shafaq, äter ett bröd, tar sats och fortsätter.

- I alla fall vi höll varandras händer, försökte
inte tänka för mycket på de stackars studenter
som till slut efter lång väntan blev hämtade av
en ambulans som redan hade skadade
människor nästan på varandra. Ambulansen
hade skott hål men höll ihop. Du vet den måste
ju försöka ta sig igenom vägspärrar för att
komma till ett sjukhus och som det nu är så är
det nästan omöjligt. Jag har sedan hört att de,
ungdomarna som vi träffade på, dog i
ambulansen. Det tog för lång tid och dessutom
var det inte säkert att de hade fått plats på
sjukhuset. Suck säger jag, jäklar, tror du det
någonsin blir bättre.

- Vet inte men jag vet att jorden träden
odlingarna gårdarna och byar städer, de tillhör
oss det palestinska folket.

Shafaq börjar elda upp sig, får rosor på
kinderna.

- Landet av mjölk och honung, joho det låter så
tjusigt......men det är ett land med blod i sand,
barn som skrikande söker skydd för giriga
hatiska israeliska ungdomar som gör sin plikt
mot sin regering och skjuter hej vilt på allt som
rör sig.....hur kom du hem sa du, med buss, blev
ni beskjutna?

-Andas lugnt Shafaq mjölken kan sina om du blir så förbannad.

-Jo det blev vi, riktigt eländigt var det. Solen hade lämnat oss, mörkret gjorde det omöjligt att se ett skvatt var vi var. Det gällde bara att lyssna genom motorbullret. Vi åkte ju genom Ramallah och efter lång väntan, israeler som rotade genom vårt bagage, längre väntan, och vi fick fortsätta ut i mörkret. Vi såg överallt i alla riktningar granater bomber som lyste upp himmelen. Det var skräckfullt. Jag var glad att jag hade Hassan att hålla i, krama. Jag vet inte hur busschauffören körde egentligen men han försökte nog undvika vägar där det sköts där det var soldater. Vi passerade i alla fall byn Abwain för det var någon som skulle dit. Just när den killen stigit av, bussen startade, då var det som ett eldklot bredvid, bussen hoppade till, högt, och landade på sidan. Det var så fruktansvärt, först ljuset så ett dån och sedan alla i bussen som skrek....efter det en dödstystnad...har du varit med om det just när någon dör skjuts eller en olycka, just då efter allt ljud så blir det alldeles alldeles tyst.......är det så i dödsriket tror du.
Många slog sig hemskt jag skar mig på armarna, ja ärren, se här, de går aldrig bort. Hassan blev klämd och bröt en arm. Ja ja himmel ett sådant elände
-Hmmm när ska du träffa Hassan igen? Å förlåt, ditt leende mitt i allt...när du talar om Hassan.....men fortsätt, Abwain är ju en bra bit

från hemma?
Ganska fort kom det folk från husen runt om.
Ett av husen närmast hade blivit kraschat och
folket där var så klart väldigt uppskakade men
ändå tog de hand om de skadade i bussen. Vi
hjälptes åt, jag var väldigt koncentrerad på
Hassan. Hans arm satt fast klämd mellan de
stolar vi suttit i. Jag hade väldans tur som bara
fick skärsår. De flesta bröt armar eller ben,
revben, skadade nacke eller huvud och ja några
dog, tror det var tre. Men de kanske hade klarat
sig också om de bara hade kommit till sjukhus.
Men som vanligt stoppades ambulansen vid
checkpointen. Under tiden dog en och de andra
två ja det var försent när den äntligen kom
fram, fast läkarna gjorde sitt bästa.

Folket i huset börjar droppa in, mat tillagas
och det är många glada trötta runt bordet. Alla
vill förstås höra allt som hänt och gratulera
Shafaq till den lille. Ja det är som ett kalas.
Mitt i allt elände. Mitt i intifadan.

Shafaq stannar en vecka hon stannar två, vilar
upp sig omgiven av vänner som gör allt för att
hon ska må bra, återhämta sig från
barnafödande och den chock hon fick vid
gripandet av Mustafa, våldet så brutalt som
föll över henne som stenblock i hundratals
från skyn. Ute är det oroligt, kaos, Intifada.

Första veckan blöder hon ymnigt och får hjälp
att tvätta lakan kläder och bindor av Sobhia.

Andra veckan avtar det.

*-Jag kom från ett helvete till ett annat fast här
är jag omgiven av kärlek men...*Shafaq darrar
gråter plötsligt häftigt....
*... jag kan inte belasta er mer jag måste hem till
mitt hem till mitt trasiga hus. Jag skulle vilja ta
med er alla från detta bombade flyktingläger.*
Shafaqs snyftningar övergår i gråt.

-Jag förstår, gråt inte vi ska hjälpa dig.

Amto Amaal som hört, kryper över från sin
madrass som hon delar med Ahmed.

*Jag tror jag vet, jag känner de som kör Röda
Halvmånens ambulans, en av läkarna, jag ska
försöka nå dem i morgon, bara de slutar
bomba. Och dessa förbannade krypskyttar.*

SHAFAQ ÅTERVÄNDER

Ordet Intifada betyder, avskakande av
damm, resning, uppror. I livet betyder det
arga förtvivlade människor som kastar sten
för sin frihet, blod och trasiga kvinnor män,
tanks k-pistar tusentals soldater mot ett folk
som ser sina ungdomar och barn kämpa för
att bli förstådda av en hel värld där utanför.
De ser sina små barn som blodiga slamsor
därunder tanks och bulldozers framfart.
Under fyra år haglar bly bomber granater
sparkar och slag. På stora och små människor,
i städer, byar. Och bryr sig världen om det?

Livet i flyktinglägret under Intifadan ger
Shafaq märkligt nog mod och styrka tillbaka.
Värmen mellan människorna och den ständiga
galghumorn, omtänksamheten och framför
allt det mod som framkallas av helig ilska, allt
fyllde henne med livsmod och tro på att allt en
dag skulle vara bra bättre. Hon känner mer
och mer att det är dags att försöka ta sig
tillbaka till sitt hem, i ruin eller ej.

Under två veckor delar Shafaq och Sobhia
säng med lille Mahmoud mellan sig. Det
värmer både kropp och själ känns tryggt. Fast
tryggheten bor egentligen någon annanstans.
Nästan varje natt ekar det, dundrar bomber,
visslar kulor för att träffa hårt eller mjukt.
Ljudet av krossat sten, hus som rasar
samman, människoskrik hörs, skär genom

luften som är rök eld tjockt stendamm, när de tvingas ut ur sina torftiga små hus. Ibland för att sparkas skjutas, ibland för att våldtas stående eller liggande av mer än en israelisk soldat. Varje dag nya döda människor i gränderna mellan de bombade husen. Det verkar svårt nästan omöjligt för Shafaq att förstå, hur och när hon kan ta sig hem.

En kväll kommer Amto Amaal inflåsande, röd i ansiktet med en påse grönsaker hon lyckats få tag på. Hon ler med tårar.

-Nu kära Shafaq, nu har jag talat med ambulansmännen, de var här i närheten, hämtade två av våra grannar som skottskadats. Om du skyndar dig kan de plocka upp dig här utanför alldeles snart.
-Oj hjälp ska jag lämna er här nu mitt i denna helvetes eld, men tack åh jag önskar ni kunde följa med. Vilken tur att jag har ammat. Lille Mahmoud sover, nu går jag, jag skyndar, vi ses, åh håll om mig hårt Sobhia, du är min ängel, jag ska aldrig glömma detta hur du och din familj räddat mig från att dö eller bli galen.

-Så så skynda nu, vi ses vi klarar oss med Allahs hjälp. Må Allah beskydda din färd hem och att du får Mustafa tillbaka snart.

Ambulansen kör fort, slirar vådligt i gränder och mellan raserade hus, uppåt till en checkpoint, där soldater står med sina k-pist

höjda riktade mot ambulansen när den hårt
bromsar in. Shafaq ligger med Mahmoud
under en blodig filt, med syrgasmask på. Hon
blundar och skälver av skräck. Bredvid på den
andra båren ligger en ung pojke med en
syrgasmask, en blodig trasig arm ligger på
hans mage, den ser inte ut att riktigt hänga
ihop med kroppen. Den andra armen syns inte
under den fläckiga filten. Han ser ut att vara
kanske tretton år, det som syns av ansiktet är
dödens blekt. Han blundar. På golvet mellan
dem ligger en äldre man med ett blodigt
bandage virat runt halva huvudet så inte ens
ögonen syns. Han har en filt över sig men rör
på armar och ben lite då och då. Ingen säger
något. Längst bak på en väggfast sits sitter
läkaren Sobhia känner. Han har vita kläder
märkta med Röda Halvmånen.

Soldaterna rycker upp bakdörrarna och
skriker åt läkaren att visa allas pass.
Läkaren börjar till Shafaqs förvåning tala
hebreiska. Han talar med en bestämdhet, fort
med många ord, står så att soldaterna inte kan
se Shafaq ordentligt.
Efter vad som känns som en evighet dyker två
militärbilar upp, soldaterna viftar med sina k-
pistar åt läkaren och försvinner till bilarna
högljutt argumenterande.
Ambulansen rivstartar, passerar
checkpointen, är snart i rasande fart på väg till
sjukhuset i Jenin. Flyktinglägret är snart
försvunnet i mörkret. Elen hade försvunnit för

flera dagar sedan, en vana israelerna har är just att stänga av elen. Shafaq tänker på människorna sòm är kvar där bland kulor granater bomber och död, men som lyckats återge Shafaq både hälsa och livsmod. Hon blir alldeles varm i hjärtat och kramar sin lille son. Vid sjukhuset lyfts de två skadade fort in och läkaren sätter sig mittemot Shafaq.

-Hur mår du min vän, blev du lite chockad av min hebrew? Han tar hennes hand i sin. En varm hand med smala men starka fingrar.

-Jag heter Omar, du förstår under min utbildning till läkare, som jag gjorde i Sverige, visste jag ju hur det var här, tänkte det skulle vara bra att kunna hebreiska, och som du märkte nyss, är det så. Jag är född och uppvuxen i Nablus om du undrar. Vi skjutsar dig hem. Sobhia berättade var du bor och lite om vad du varit med om. Får jag ta en titt på ditt barn och lyssna på dig så är jag tacksam, innan jag släpper dig?

-Här är Mahmoud, han är nitton dagar, visst är han vacker, tack och lov jag har mjölk så det räcker. Jag blödde mycket första veckan men nu är det bättre.

-Inte konstigt alls, du har varit med om för mycket för att det skall vara bra. Jag vill lyssna lite och ta ett blodprov och sänka, är det ok?

-Tack det är klart, Allah vare med dig, jag är så tacksam för allt. Min önskan nu är att min man Mustafa ska komma hem och få träffa sin son.

-Du ska se att det ordnar sig. Dina prover verkar bra. Nu är vi strax hos dig, det är bäst du skyndar dig in, så nu öppnar jag dörren, Allah vare med dig min syster. Gå gå.

- Skynda dig in, sa han den gode Omar. Här finns inget att skynda sig in i, ingen dörr inget hus, bara en ruinhög. Hade jag glömt detta, vårt hus och vår oljepress kraschade, allt i ruiner. Vad gör jag nu?

I skydd av mörkret skyndar Shafaq mot närmsta grannhus. En skugga rör sig framför henne, hjärtat börjar banka, hjälp ska det sluta så här, nej jag vill inte.

-Hallå är det någon där, säger hon så lugnt hon kan.

-Åh Shafaq är det du, är det verkligen du? Kom fort du har inget hem här, du får bo hos oss, i Abu Mustafas hus.
Shafaq urskiljer ett kärt ansikte bland skuggorna, Mustafas syster, Mahmouds Amto.

-Habibti Naimah är det verkligen du, vad glad jag är. Hann du få bud att vi var på väg? Vad gör vi nu, det finns inget hus, vårt hem är ju

borta.

-Ni följer med mig hem till Abu Mustafas hus. Men det säkraste är att baby Mahmoud åker med mig, för letar de efter dig så tänker de att du har en baby, jag har en tvättkorg i min bil han kan ligga i. Följ med mig nu får du se och alldeles snart kommer min bror med sin bil och hämtar dig.

-Tack, vi ses snart då allra finaste Naima, kör försiktigt med min kärlek.

Bilen rullar iväg utan tända lyktor, Naima kan vägen i sömnen det är inte så långt. De bor i samma stad fast i olika delar. Hon sitter framåtlutad koncentrerad på den mörka gatan, kastar en snabb blick på sin dyrbara last som sover lugnt bredvid i korgen, tänker, nu är vi snart hemma högst tio minuter min fina lilla vän.

Det går så fort, Naima tvärnitar med ena handen på korgen, hon är helt bländad men förstår omedelbart att det är en stor militärbil som står nos mot nos med henne med sina dubbla strålkastare.

Naima och baby Mahmoud blir häktade, förhörda. Vem är de vad gjorde de ute i natten vart skulle de? Soldaterna river i Mahmouds filtar, är det en bomb någonstans....

Naima vill inte tro sina ögon, hur kan de....de har ingen skam i kroppen. Hon nästan kissar på sig av upprördhet.

De sitter där i timmar. Mahmoud skulle ha ätit
för längesedan, han skriker så högt han kan.
Soldaterna skriker åt Naima!

*- Ge honom mat! Hora slinka, tysta ungen eller
ska jag....*

De är så frustrerade av babyskriket. Naima
känner hysterisk förtvivlan, vad ska hon göra,
säga. Jag spelar min roll fullt ut, tänker hon.
Hon knäpper upp sin klänning framtill –
vilken tur att hon har just den här som har
knäppning på framsidan. Så fiskar hon fram
ett bröst, stoppar snabbt in bröstvårtan i
Mahmouds mun och låter sin slöja falla
skylande över.

– Allahu akbar, mumlar Naima när Mahmoud
tystnar. Inte för att där finns någon mjölk,
men han är nu så uttröttad att själva
snuttningen får honom att somna.
De två soldaterna stirrar, tycks överväga olika
alternativ. Efter vad som känns som en
evighet skriker en av dem.

-Gå din väg arabslinka, stick.

Naima reser sig fort och blir omilt föst genom
en lång korridor och till slut porten.
Bilen finns kvar, står med öppna dörrar,
genomsökt förstås, men hon vet att där fanns
inget misstänkt.
Naima lägger in Mahmoud i korgen, hoppar

själv in och kör hem så fort hon kan. För första
gången har nu denna lilla fina människa varit
fängslad, må Allah bevara honom att han
slipper det mer i sitt liv.

*"De kristna i staden kommer en dag
tillsammans med min mans familj och vill
hjälpa mig. De kristna behandlas lika illa som
vi av israelerna. Vi lever i fred och vänskap med
de kristna. De gjorde mycket för att min man
skulle få komma ut från fängelset."*

MUSTAFA KOM HEM

Shafaq gör allt för att återskapa det hem hon
och Mustafa hade skapat. Återigen lappar hon
väggar tak och golv. Mustafas familj hjälper
till, hans syster Naimah flyttar in. De tänker
tillsammans, hur gör vi vad kan vi göra?
Mustafa måste bli fri komma hem till sin familj
sin son som han ännu inte träffat. Shafaq
försöker igen och igen att få tillstånd att
besöka Mustafa, men nej helt omöjligt.
Vad krävs för att få en människa fri som inte
gjort någonting?
Våren kommer och våren går sommaren
likaså, dagar fyllda av saknad, men också av
glädje med en liten son.

Mustafas familj har en dag när de som vanligt
kommer, sällskap med några kristna.

*-Salam aleikum min vän, vi kommer för att
hjälpa, vi har en bra advokat i vår församling
som gärna vill hjälpa dig och Mustafa.*

Tack tack, Shafaq nästan svimmar av glädje,
rösten går upp i falsett.
*- Vill ni ha kaffe, bröd som ännu är varmt,
varsågoda stig in.*

Familj vänner, vänners vänner, kärlek
omtanke, så typiskt Palestinas barn.

-Vi finns vi hjälper. Alltid när vi kan, minns det.

Efter mycket prat högt och lågt upprört
eftertänksamt, enas alla om att tacka ja till
advokat, ja. Också insamlade pengar. Shafaq
tackar ja till all hjälp hon kan få.
De talar också om vänner och bekanta som
dött eller blivit skadade i intifadan. Naima är
bra på siffror och vet att under förra året
dödades mördades,
*-trehundraåttiofem palestinier och nio
israeliska soldater, och* säger hon –
*det är här i Palestina. I Israel dödades tre
palestinier och tjugotre israeler.*

-Samma år som min Mahmoud föds, fladdrar
det till i Shafaq.

- Stackars min son att födas in i detta helvete!

Shafaq går under olivträden, hukar för de låga
grenarna, känner att hon bär på ett hopp, hon
får hjälp nu och tiden går som den brukar.
Hon berättar för Mahmoud om hans Baba som
snart kommer hem, allt skoj de ska göra. Hon
kramar och kysser sin son under olivträden.
Därborta är det någon som blir skjuten ja flera
mördas i kvällningen, kulsprutor knattrar,
intifadan skördar sina offer, en kvinna plockar
de mogna fikonen i gryningen då de döda
staplas invid husväggarna.

"När min son är tio månader blir Mustafa
frisläppt. Under denna tid kommer
israelerna ofta och gör hemska saker. De
slår sönder allt och skjuter många barn i
staden. De förstör husen, också vårt hus
igen, bombar och de kastar granater. Vi får
inte bygga ett hus åt oss. Vi tar vår tillflykt
till ett garage, där vi bor i sju år. Det är
mycket smutsigt och mörkt."

EN SLAGS PAUS

Så stor är glädjen att den inte går att mäta,
hjärtat klappar kinderna får färg. De håller om
varandra, står där känner närheten kärleken.
Däjage finns inte just nu, de hör inte ekot av
krypskyttarnas plötsliga skott soldaters skrik
till människor som skriker tillbaka. En stund
av stillhet är nu då de stängt ute allt elände.

Mustafa försöker inrätta sig, han är nu för
tillfället fri, fri att planera ett liv för sig och sin
familj, det är så han känner det, för tillfället.
Tiden i fängelset ett helt år och ett halvt,
torterad och plågad, som han inte finner ord
för, under förhör där han inte hade något svar
att ge. Kallt eländigt, ja helvetiskt att utstå,
grymt i själen att tänka på sin Shafaq och sitt
barn, en liten son han ännu inte träffat, inte
sett. En son som heter Mahmoud, som de talat
om drömt om, och Mahmoud skulle han heta.
Nu är han hemma. Baba Mustafa.
Deras hus är fortfarande halvfärdigt, bara

hoplappat så köket sovrummet och ett litet
badrum fungerar. De planerar funderar hur de
vill ha det, som nygifta par med ett babybarn
gör, vad som är möjligt att göra, möjligt att
göra göra göra...det ekar i huvudet på Mustafa,
det gör ont i huvudet efter allt han utstått. Och
för att få någonting gjort behövs material till
det som skall göras!

Tiden kommer tiden går, livet är så
förunderligt tycker Mustafa, ännu ett nytt liv
är på väg i denna tid. Hur brutalt livet än är
inuti och utanför så är glädjen över en ny
människa, en till i familjen en stor glädje. De
jobbar på med sitt hus, planerar ju för två
barn och två vuxna nu. Det är inte lätt för
sådant de behöver köpa är svårt nästan
omöjligt att få tag på, då det pågår strider
överallt. Det är förbjudet att resa det finns
restriktioner och soldater åt alla håll. Mustafa
håller sig utanför intifadan, han vet hur skör
hans tillvaro är. Han kämpar för att hålla allt
ute som inte hör hemma här inne.
Shafaq mår illa, det är så mycket som
påverkar henne, stör hennes kropp och själ
men hon ska klara det, säkert. Bara hon inte
mådde så illa.

Det gnisslar och kvider när olivträdens grenar
gnider sig i den plötsliga vinden. Det brakar
när dörren går i kras, det gör ont i huvudet på
Shafaq.
Mustafa käraste var är du, försvinn, spring

skydda dig, skriker Shafaq där hon står
halvklädd, tvättar sin son, tvättar sig själv.
Stänger sin dörr, lyssnar på det som kommer
åter.

-Mustafa var är du ditt svin, skriker en annan
röst, och slår sönder köket.

Shafaq skakar, kräks, sitter på det kalla golvet
och undrar, orkar jag mer orkar jag ens ställa
mig upp. Det är tyst därute, verkar som de
gått, israelerna. De var inte egentligen ute
efter att ta Mustafa, ville bara hålla rädslan
igång, mata nervositeten. Mustafa vet, har lärt
sig, han försvann ljudlöst bort mellan husen.
I skymningen kommer han tillbaka med sina
bröder, de konkar på en dörr de funnit vid ett
bombat hus.

-Ett trasigt hem men vi har varandra och en
dörr, viskar Mustafa i Shafaqs öra. *Och spisen*
av järn rår de inte på, nu gör vi mat Shafaq,
sätt dig med din son och försök andas lugnt,
habibti.

Månader går, det är dags för Shafaq att föda
sitt andra barn. Den här gången är Mustafa
hemma hos henne. Han, hans syster och en
läkare som lovat komma, just den läkare som
räddade henne från Jenins flyktingläger och
ett eventuellt fängelse eller några skott i sin
kropp. Han har redan varit hos henne ett par
gånger. Trots att det hänt så mycket, hon mått

dåligt från och till, så verkar barnet må bra
därinne i sin vattenvärld.
Värkarna har satt igång, starka och svaga från
och till. Shafaq vandrar från köket till
sovrummet, fram och tillbaka, stönar håller i
sig i en stol eller i Mustafa när det är som
värst. Naimah kokar vatten gör sängen i
ordning med rena lakan och flera extra fint
hopvikta där barnet ska födas. Shafaq skriker
till, nyper Mustafa i armarna och vattnet går.
Då står läkaren där, tillsammans hjälper de
Shafaq upp i sängen.

-*Just i tid märker jag,* säger han med ett
leende. *Det här ska gå bra, du är en mycket
stark kvinna.*
En timma går med starka värkar, tätare och
tätare. De dricker alla kaffe, Shafaq dricker
också men kräkts bums upp allt. Så talar de
om allt som hänt runtom i Burka, Hebron,
Jerusalem, Jenin, överallt människor som
skadas eller dör. Värst är det då barnen
drabbas. Shafaq vill inte höra om det just nu,
hon skriker åt dem att hålla tyst för nu....
Nu kommer han...ahjjjj
-*Bra Shafaq krysta nu ta i bra ja nu en till
andas och så tar vi i...*
....ett litet litet gossebarn ligger där och dr
Omar lägger honom på Shafaqs mage, nickar
åt Mustafa som står beredd med en sax och
han klipper där Omar satt en klämma.

*-Tack himmel, Ahlan min son, tack Allah, jag är
så lycklig*, viskar Shafaq.

Vid nästa fullmåne slås den nya dörren sönder
och tre barn i staden skjuts till döds.

Tredje gången de kommer, är Shafaq ensam
med sina barn, just utanför huset nära några
olivträd där hon odlar tomater och kryddor.
Soldaterna sliter av henne huvudduken ger
henne en spark i knävecket så hon faller ner
utefter olivträdets raspiga bark. Nästa spark
får Shafaq att skrika högt, den hamnar just
under baby Gaze som ligger inlindad i en
bärschal på Shafaqs bröst, får det lilla livet
därinne att stumt öppna sin mun i fruktan för
det okända.
Mamas skrik får den lille Mahmoud att snabbt
krypa bakom ett ungt fikonträd som mer är
som en buske. Han skriker inte, kanske sparar
han det till nästa gång eller nästa. Han har ju
hela livet på sig.

GARAGET

Javisst var det tillfälligt, den lilla lilla pausen i
deras liv, ett tillfälle insprängt mellan
ytterligheter.

De packar sina kläder, sängkläder, mat som
finns kvar, två grytor en stekpanna och det
porslin som ännu inte spräckts av frustrerade
soldater. Allt som allt inte mer än vad tre
personer kan bära. Ett helt halvt kraschat
hem. Kvar finns en kaffeservis med sin kanna i
många små bitar tillsammans med tekannan i
tre delar. De flyr under tusende ledsna
stjärnors bleka ljus, Mustafa, två av hans
bröder, Shafaq med Mahmoud på armen och
baby Gaze i sin schal på ryggen.

De rör sig försiktigt, sneddar ner till en stor
olivlund. Olivträden låter sina grenar sakta
böja sig, röra sig runt de små människorna
som ville de skydda de flyende. Shafaq ser
stint på Mustafas nacke, bakom henne går
bröderna efter varandra. Syrsorna gör sitt
bästa för att överrösta varandra, månen lyser
en svag gata mellan träden. Inga skrämmande
bilar hörs inga människoröster. Tystnaden
skrämmer Shafaq, hon tänker om någon
fientlig nu stod och lyssnade, då skulle hennes
flämtande andning höras, det lilla prasslandet
av mänskliga fötter som sakta skyndar över
torra löv och grenar.
Det känns som en evighet de vandrat, burit ett

hem med sina människor. Shafaq ser som i
dimma Mustafa som stannar öppnar
någonting kanske en dörr, så är det mörkt,
hon känner bara hans armar om sig som leder
henne in i någonstans.

*-Välkomna till ert nya tillfälliga hem, som i en
annan del av världen i en annan tidsrymd torde
inhysa en Fiat kanske eller varför inte en Saab.*

Mahmoud pressar sin lilla kropp mer än det
går mot Mamas bröst, känner heta tårar
droppa på sin kind för att blandas med hans.
En bänk står glömd längst in mot en vägg.
Shafaq tar sikte och lyckas precis nå den, då
Mahmoud glider ner och hon själv följer efter
mot ett skitigt golv.
*-Mustafa hallå var är du, var är jag, det luktar
så konstigt, mina barn var är mina små barn?!
Varför är det så väldigt mörkt?*

*-Habibi såja lugna dig lägg dig ner igen. Du har
sovit min kära sovit i snart ett dygn. Känner du
att du ligger i en säng, vi har två stycken, vi har
fått hit vår spis, vill du ha te eller kaffe? Och
dina barn är här, de sover lugnt båda två.*

Mustafa tänder en liten oljelampa och Shafaq
ser, vad är det hon ser?
Två billiga tältsängar bredvid varandra. Hon
ligger ensam i en smal säng, ser sin egen
kudde, det vackra täcket hon en gång för
hundra år sedan fick i brudgåva av sina

syskon. Hon ser sina söner som nu ligger i
Mustafas säng likadan som den hon själv
ligger i. Hon ser sin man ja det är sant han
finns här hos henne och deras barn. Resten är
mörkt det luktar smuts.

*-Är det här vårt nya hem Mustafa, är detta vårt
liv, är vi skyddade från sparkar bomber och
granater, var är vi?*

*-Habibti vi är i ett garage, det ligger så till att
det inte är lätt att hitta. Det ordnar sig med
våra liv ska du se. Nu är vi tillsammans och vi
ger oss aldrig. En dag är det fred, vi bygger vårt
hus vårt hem.*

Ett svagt gnissel hörs, någon kommer
någonstans ifrån. Innan skräcken får fäste i
Shafaq hörs en välbekant röst.

*-Hej mina vänner får det lov att vara nybakt
pizza, hur mår du nu Shafaq? Du är en riktig
sjusovare!*

*-Tack tack snälla kära Naimah, snart har jag
landat, jag skulle uppskatta lite mer ljus
förstås. Mm vad gott det luktar, nu känner jag
att hungern rotar runt i magen. Finns det en
dörr här, var, du kom ju in genom något som
gnisslade.*

-Nu äter vi Shafaq så går vi husesyn sedan.

*-Må Gud hjälpa oss.......husesyn, men vi lever ju
och det här är väl tillfälligt, vad har vi annars
för möjligheter. Nu vaknar Mahmoud, han vill
till Baba, då kan jag äta färdigt.*

*-Jo visst är det tillfälligt men hur lång
tillfälligheten varar står i stjärnorna. Intifadan
är i full gång, det är krig*

.

**"-Nej stopp Shafaq jag måste bryta här,
menar du att ni bodde levde i ett garage i
sju år?
-Javisst så var det, sju år i vårt lilla
flyktingläger någonstans i ett ingenstans i
Palestina. Men fortsätt nu att skriva min
berättelse mitt liv, våra liv under intifadan."**

Shafaq stapplar runt ledd av Mustafa i ett
ganska litet garage. Fyra väggar golv och tak i
betong, inget fönster, en stor garage dörr, en
liten dörr som är svår att i början hitta i
mörkret.

*-Mustafa vi måste ha mera ljus härinne, annars
blir jag galen och barnen, barnen, hur ska de
kunna växa sig starka utan sol och frisk luft!*

*-Jag vet, det kommer fler oljelampor, kanske
kan vi koppla någon ellampa bara vi hittar rätt
uttag. Det ska finnas någon elledning
någonstans. Vi kan inte använda den stora
dörren, bara den lilla. Det finns en granne ett*

par hundra meter härifrån som vi kan lita på,
där kan vi få låna dusch då läget är lugnt
häromkring. Du ska se det ordnar sig och inte
ska det behöva bli för evigt vi bor här.

-*Tack det är ju uppmuntrande.*

Shafaq känner sig gammal, vill gråta och gör
det.

Den lilla familjen uthärdar, försöker göra det
bästa av varje dag. De har gott om kärlek, de
har fått några lampor, också en golvlampa
som de lyckats koppla till en elkabel. Där står
den vid sängarnas huvudgärdar med blommig
skärm och försöker skänka lite trivsel i
skyddsrummet som Shafaq säger. En gång i
veckan ja ibland kan det bli två, smyger de
med var sitt barn, iväg till grannen för att
duscha prata om allt och inget, sitta en stund i
en soffa och blicka ut genom ett fönster.
Ibland blir dessa utflykter på natten, det beror
alldeles på läget i byn, i Burqin eller i Jenin.

Månader går i en ständig kamp mot smuts i
skugga i mörker och kyla. Shafaq kämpar
sopar tvättar golv, lagar mat åt familjen,
flyttar lampor efter var hon är. Den
hemtrevliga golvlampan får ofta mysa mörk
då elen stängs av i hela byn flera gånger både
dag och natt. Hon försöker leka i halvmörker
med sina små, ammar så gott det går när
mjölken inte vill rinna till. Hon längtar

ständigt efter den dag den natt den stund hon
kan smyga iväg till grannens dusch. Stå under
rinnande vatten, en lyx inte bara för henne. I
garaget är vatten en bristvara, finns i små
hinkar till små barn och disk. I hela det
krigströtta Palestina är vatten en bristvara.

En kväll då stjärnorna just är på väg att
tändas, hon har själv haft en stund av ledighet
med hårtvätt, tvålat in sig från topp till tå med
sin stora olivoljetvål, njutit av vattnet som
sköljt över ansikte och kropp, känt en gnutta
glädje över att finnas till. Hon är nu på väg
hem till sitt garage, hon är just på den nedre
olivodlingen.
En kaskad av kulspruteeld spränger
tystnaden, lyser upp tillvaron i skarpa ilskna
ljussken. Shafaq snubblar faller i den leriga
jorden, hon kräks.

-Hjälp nu dör jag, tänker hon. *Jag blir till dött
kött och skelett. De är runt mig de är nära, jag
kryper intill olivträdet, lite torrare, må Allah
beskydda mina barn min man därinne i
mörkret och kylan. Må de klara sig själva utan
mig, åh min Gud jag mår så illa.*

Ett plötsligt dån marken lyfter Shafaq, hon
känner trädet knaka, bomben faller, tar sikte
på ett hus nära. Det ljudet har hon hört förut,
då väggar sprängs sten rasar far mot
varandra. Hon hinner känna smällen när
något hårt träffar huvudet, sedan välsignat

svart. Ja så kan man känna, skönt att försvinna
då helvetet brakar lös.
Tio minuter en timma tre timmar, hur kan hon
veta, hon befann sig långt borta i en annan
värld kanske, tiden fanns inte, män som sköt
på varandra befann sig i en annan tidsrymd.

Långsamt hörs en kär röst, *Var är du?* viskar
han, *Var är du?* viskar hon, så kommer en köld
en hårdhet under kroppen som lyfts, det ljuva
ljusa försvinner, men rösten viskandet ekar i
huvudet. Hon känner sin tyngd, någon bär
hennes kropp hennes huvud hennes ben som
hänger lite slappt, som har svårt att göra
nytta.

*-Shafaq Habibti vakna vi är snart hemma, titta
på mig Shafaq.*

Mustafa försöker att inte flåsa. Det är tyst nu,
inga bomber inga kulsprutor som spränger
luften. Det är inte lätt att bära i uppförsbacke.
Det kan ju också finnas skjutgalna människor
som väntar, som så gärna vill minska
palestiniernas antal.
Bara några steg till och han är uppe med sin
älskade börda. Han snubblar han halkar i
leran, han faller inte, nu är han uppe snart
hemma. Hemma i garaget.
- Fan ta detta eviga krig! Han säger dessa ord
högt utan att själv märka det. Då uppenbarar
sig en skugga, någon närmar sig. Mustafa

känner någons armar sträckas mot sig.

-Vad har hänt låt mig hjälpa, jag har henne du kan släppa, Allahu akbar släpp du har ju kramp min bror.

-Tack, viskar Mustafa utan röst. Han kämpar för att hitta sin andning. Lungorna känns tomma på luft men ändå fyllda av lukten av krut blod och krossade hus.

Shafaq ligger i sängen, känner hur hon långsamt blir varm, det pirrar i fötterna benen, händerna känner hon knappt och magen, där känns det kallt och varmt om vartannat. Hon blundar utan att veta, i huvudet surrar det, hon är inte säker på var hon befinner sig. Något nuddar hennes kind, hon hör långt bortifrån en liten röst.

-Mama vakna pussa Mama fina Mama.....

Ohhh min son var är du? Hon tänker orden, hon närmar sig, hon hör, men kan inte själv tala.

En månad i deras liv tragglar sig fram. Shafaq har öppnat sina ögon. Hon ser sina barn hon ser sin man hon ser sitt hem i ett garage. Det var en ordentlig smäll hon fick i sitt huvud just när en skräckupplevelse tog kroppen i besittning. Traumat blev just därför så allvarligt. En läkare har några gånger gjort

besök, undersökt, tagit prover, ordinerat en
del mediciner som definitivt inte var lätta att
få tag på. Sakta återvänder en älskad ung
kvinna till sin man och sina barn.

Hon hasar omkring i tjocka tofflor i sitt liv,
hon tänker inte. Livet har en slags rytm även i
ett garage. Därutanför lever intifadan vidare,
skott hörs, skrik, upprörda röster, ibland
dånet av en bomb, militärbilar dundrar fram
och åter. Allt sker ändock i Shafaq på avstånd
så en viss förrädisk trygghet smyger sig på.
Tiden går och snart måste det vända.

- Kanske fredssamtal är på gång, säger
Mustafa en morgon.

-Fredssamtal finns det, säger Shafaq förvirrat.
På månen då kanske.

Mustafa drar på munnen.

*-Kanske det, men det går rykten. Du vet, Arafat,
Abu Ammar, vår man som leder oss hem. Vår
revolution den är inte slut, den ska visa
israelerna och hela världen att vi finns -
fortfarande - att vi vill ha vår jord ifred. Just i
fred.*
Men först kom det tredje undret, en
förtjusande liten flicka. Jovisst föddes hon i
garaget med hjälp av den gode dr Omar och
Mustafas syster. Mustafa satt i en gammal
soffa som ändå var rätt skön. Där satt han med

sina två småttingar, en på vart knä, och kände sig oändligt rik. Han kände en äkta lycka då han hörde Shafaqs behärskade stön och snart ett litet livskraftigt babyskrik. Nu hade han tre barn, de vackraste finaste barnen i världen och den godaste klokaste kvinnan. Så många kärlekar.

Så vackert, tänkte han förtröstansfullt, så det kan bli mitt bland bomber och granater i ett garage.

Solen går upp solen går ner, det blir vinter det blir kallt. Det minsta lilla barnet Marah är späd men stark, säger Shafaq.

-Det känns när hon äter, hon suger musten ur mig. Men det får hon min älskade lilla flicka.

-Hon är lik sin Mama, tycker Mustafa. Hon är ju också vacker som en blomma.

-Vi måste försöka få tag på fler mattor till väggar och golv, det går inte an att barnen blir stelfrusna av det här iskalla golvet. Vintern är svår i år min käre man.

-När når revolutionen oss, när kommer Abu Ammar? Vad har du hört?

-Jag hörde om någon slags överenskommelse, ett eld upphör. Kanske är intifadan slut, efter fyra år, år fyllda av blod och tårar. Vår jord är infekterad, träden buskarna sörjer.

Mustafa känner sig gråtfärdig när han ser sin lilla familj i denna kalla smutsiga mörka

stenbunker. Han vill ut med sina barn, leka, gå
runt hälsa på vänner släkt, bjuda barnen på
färska frukter. När det blir vår, lära barnen
vilka frukter de kan äta. Mustafa vill dansa
med sin kvinna under blommande fruktträd.
Han vill ut, vara fri på sin jord under den
oändliga himmelen.

Shafaq fortsätter berätta, gråter

*- Vad ska jag säga, att leva sju år i ett
garage! Ständig kamp mot smuts som finns
i golv väggar tak, som inte har fönster,
riktig möjlighet att elda, mörkt, ett mörker
och en kyla som smyger runt väggar på din
rygg, som förmörkar ditt sinne. Vi kämpade
med en vardag i väntan. Sju år med små
barn som ville ut, som vi inte vågade släppa
ut i solljuset, som grät men inte fick höras.
Försök tänka dig det, just det att vilja
släppa ut de små liven att leka bland
fruktträd med andra barn, att få väsnas
utan att vi skulle vara rädda för de eviga
kulsprutekaskaderna, prickskyttar på
hustak och skrämmande militärbilar. Allt
sådant händer så fort, du hinner inte
undan, hinner inte samla ihop barnen som
alltid har en förmåga att finnas överallt,
uppe i träd bakom buskar, springande på
gatan och leker tafatt.*
*-Vi väntar i vår vardag och lyssnar i vår
närhet av varandra, på nyheter om
intifadan om gerillan som finns och ännu*

inte finns hos oss. Arafat kämpar med våra män, unga och gamla. De strider för oss för vår rätt till vårt land, för rätten till att bygga sig ett hus, leva och arbeta för sin familj. Han kämpar med politiker.

-Jag tänker vi är en familj en palestinsk familj som i generationer bott och brukat jorden, vi är bönder som inte kommit hit för att ta stjäla någons mark, vi bor ju här i det här landet. Har ju alltid gjort det. Vi är födda här i generationer. Det är så konstigt allting.

-Det händer just inte så mycket mer under de här sju åren...jo förresten så dum jag är. -En stor händelse är det när jag märker att ett barn till är på väg. Den stora lyckan i en fängelselik tillvaro. Kan tyckas märkligt men så är det. En ny människa, att se in i ett nyfött barns ögon då de första gången möter mina, möter världen. Fyllda av outgrundlig vishet och godhet. En stund av total lycka.
Då var också den egentliga intifadan slut. Arafat hade slutit ett avtal med den i våra ögon falske räven Rabin. I Oslo hade de så att säga gjort ett avtal där vi egentligen inte hade rätt till någonting, det kallas ett ramavtal en ram en mur. Eller så kallas det för en process som betyder att något som börjat fortsätter förändras och hänger samman. Eller hur, för israelerna förändras

det och hänger samman på det sättet att de fortsätter köra ut oss från våra gårdar, så hugger de ner våra älskade olivträd och bygger stora hus där. De skövlar vår gamla jord raserar odlingar hus och människor. Åh jag blir så arg. Förlåt mig. Så här var det.

1993 AVTALET

Shafaq har just dukat till middag. Bänken är framdragen till bordet, där hennes tre änglar sitter. Mahmoud och Gaze på var sin sida om minstingen Marah. Mustafa kommer in genom den lilla dörren tillsammans med en kall höstvind.

-Alldeles lagom min käre man, nu äter vi. Vad har hänt, du ser lite uppjagad ut.

-Jaha nu har det skett. Avtalet är underskrivet i Washington av Arafat och Rabin, de signerade dokumentet och Bill Clinton tittade på.

-Vad innebär det för oss då? Kan vi flytta hem till det hem vi ännu inte byggt?

-Nej det tror jag inte, säger Mustafa. *Det ska innebära att allt våld ska upphöra från båda sidor, alltså Fatah får inte föra någon vidare militär kamp och Israel ska dra sig tillbaka från Gazaremsan och här på Västbanken! Vad sägs om det?*

-Ha jag tror det när jag ser det! Och är vi förbjudna att kämpa för vår rätt? Jag säger att jag vill hem till våra träd om de nu finns kvar, jag vill sitta under stjärnorna och hålla din hand Mustafa.

*-Ah vilken god mat du lagat. Du är en konstnär
Shafaq.*

*-Min Maftoul Mujaddara, jag vet att du tycker
om den och jag fick linserna och Maftoul av
våra snälla grannar.*

-Mer, säger Mahmoud, *jag tycker också om det.*

*-Ja kära barn ät, du Gaze vill du också ha mer.
Och så lite till Marah du äter så fint lilla
Habibti.
Men när kommer Arafat hit tror du, för när han
kommer betyder det väl att vi kan återvända?*
*-Jo det gör det men vi lär nog få vänta ännu en
tid, ha tålamod. Gator och torg hustak och
gränder, de är inte tomma på soldater ännu,
oavsett avtal och process. Vi tar det lugnt. De
har ju också bestämt att de har rätt att köra på
våra vägar då de ska till sina bosättningar, och
de blir fler och fler för varje vecka.*

*-Jaha ja, men vi får så klart inte använda deras
nybyggda vägar som de byggt på våra
förstörda odlingar och åkrar!* Shafaq morrar
svagt.

*-Så alla fina mina barn nu är det dags för
kvällssagan. Det* är *visst min tur så hopp i säng.*

Mustafa berättar sagan om mullan Nasreddin,
den kloke dumme fräcke och rådige som råkar
ut för de mest märkliga händelser. Han är

otroligt slug, han har hemligheter, han
avslöjar de elaka och räddar de utsatta.

Även Shafaq lyssnar, det är skönt att förflytta
sig till en annan värld en värld där det oftast
slutar lyckligt.

-När barnen sover, tar Mustafa fram ett litet
paket och ger till Shafaq.
Han håller om henne, lyfter hennes tjocka hår
viskar in i henne.

-*En kärleksgåva. Läs för mig kära vackra. Jag
älskar dig.*

-*Och jag dig, jag älskar dig mer, mer än solens
värme, mer än nattens mörker.*

Hon ser på sin gåva, poesi av Mahmoud
Darwish, en vän till en vän, han bor kvar på
andra sidan muren. Shafaq reser sig, lutar på
ena armen läser med sin mörka stämma.

"*Låt det vara*
Nu måste jag besegra döden
Och kasta sorgesångerna i elden
Och rensa alla olivträden
På deras sjuka grenar
Varför sjunger jag av lycka
Bland skrämda ögonkast
Det är på grund av Stormen, Al Assifa
Som har lovat vin, nya bröd
Och en regnbåge

Det är på grund av Stormen Al Assifa
Som har svept bort alla ynkliga fåglar
Och som rensat skogen från döda träd

Låt det vara
Jag måste nu bli stolt över dig
Du är ljuset i vår olyckliga natt
Om gatan inte vill acceptera mig
Så skyddar du mig

Jag vill sjunga till lycka
Bland skrämda ögonkast
För sedan Stormen Al Assifa kom
Har den lovat mig vin
Nya bröd
Och en regnbåge"

- Tack mitt hjärta nu sover vi gott, i morgon är
en ny dag med nyfött hopp.

-Javisst min älskade man, en ny dag i en ny
vecka i en ny månad i ett nytt år...

".......och år läggs till år. När Arafat kommer
hit då får vi bygga vårt hem....."

EFTER SJU ÅR I GARAGET

Stormen viner rycker i träden där ute, blåser
tillbaks röken i röret från spisen. Shafaq
hostar ropar på sina barn.

- *Var är ni mina killingar, det är så mörkt här
inne det är alldeles för kallt, jag måste sopa, ni
får hoppa i säng så ni blir varma, ajaj å nej oj
vattnet går...*

- *Mama vad är det har du ont, var är Baba?*
- *Min älskade Mahmoud jag tror Baba är hos
Abu Jousef, du får leka spion, hämta honom fort
men försiktig nu, såja fort säg att minstingen är
på väg.*

En son en liten Ahmed kom till världen. Också
han i garaget, med hjälp av doktor Omar och
Mustafas syster Naimah. Fyra vackra älskade
barn.

-*Hör du Shafaq genom den öppna dörren, ingen
storm bara en stilla vinande sång från
olivträdens grenar, i symbios med syrsornas
kör.*

**"Och nu Shafaq vad händer nu? Det har ju
också gått sju år, är inte tiden snart inne för
flytt?**
**- Tålamod min vän lyssna nu, vårt liv i
garaget fortsätter ännu en liten tid."**

Några dagar har kommit och gått sedan
Ahmeds födelse. Shafaq sitter i sängen med
korslagda ben, hon ammar Ahmed. Då kastas
den lilla dörren upp, Mustafa står där, ögonen
lyser, han ropar det han längtat efter i hela sitt
vuxna liv.

*-Shafaq Habibti mitt hjärta, han är här, Arafat
Abu Ammar är här!*

-Var här nu, var Mustafa var, kom alla barn...

*-Stanna han är på väg hit till oss, sätt på kaffe,
har vi bröd, ta fram vad vi har, stunden dagen
är här, han ser till att vi får bygga, vi har redan
talat en del.*

De talade de skrattade de grät och drack kaffe.
Det var en lycklig stund. Så måste Abu Ammar
vidare, han kramar först alla barn, sedan
Shafaq med kindpussar och sist Mustafa. Det
är fler han vill besöka och stärka, skänka mod
och förtröstan. Det känns stort i garaget.
Shafaqs hjärta klappar fort, Mustafa skrattar
högt.

*-Kom min älskade Familj vi går ut och hälsar
på stjärnorna.*

Flytten hem sker inte på en dag, inte på många
dagar ännu. I verkligheten tog det ett par år,
då de fick bo, tränga ihop sig i Mustafas
föräldrars hus. Men familjen vandrar varje

dag till ruinerna av sitt hem och för varje dag
händer det lite med bygget. Släktingar och
vänner kommer, de kramas talar om allt som
hänt, Shafaq kan inte få nog av alla människor
hon saknat. Barnen leker med sina kusiner,
grannars barn, upptäcker nya platser att vara
på, träd som längtat efter klättrande barn, de
skrattar de sjunger gamla sånger och nya.

*- Min Gud vad jag är lycklig, jag sitter i solen,
mitt bland min stora familj, mina barn får leka
i det fria, måtte detta vara länge nog att växa i.
Det ska bli ett stort hus många rum så även
vänner kan sova över. Och vackert ska det bli.*

Shafaq längtar efter skönhet ljus och renhet.
Hon har så länge tvingats leva i mörker och
smuts, nu är det slut på det, slut på
trakasserier sparkar kraschade dörrar och
skräck. Så tänker hon, talar de om, alla
människor när de möts över en kopp kaffe
eller te.

Så småningom kommer dagen då de kan flytta
in i det halvfärdiga huset, ett rum att sova i ett
kök att laga mat i att äta i, ett badrum som i
alla fall har rinnande vatten och toalett.

*-Ahh vilken lyx, jag tänker nog ta en dusch kära
familj, vi äter sedan.*
Shafaq strålar mer än den sol som bländar
Palestinas jord.

-Gör så Habibti, skynda dig lite för jag tror vi får besök.

Jo visst får de besök, varje dag, på kvällar långt in på nätterna. De talar om hur läget är nu, hur säkert allt är, vem som fått barn, gift sig, också om det viktiga med barnens skolgång. Mahmoud och Gaze går i skolan, det känns så bra, de tycker det är roligt med böcker de delar med varandra, och att ha kamrater. Mahmoud fantiserar redan vad han vill bli, han tänker att tandläkare, det behövs, det har han sett. Ja det är en god trevlig tid med mycket kaffe te och färskpressad jos.

Huset växer sakta med tanke på att det är svårt få tag på bra material i det instängda Palestina där inte allt finns och de inte kan, inte har tillåtelse att resa någonstans för att handla. Så måste de försörja sig. Det gäller att skörda så mycket oliver som möjligt men pressen förstörde israelerna då för många år sedan. Åren rinner iväg, nu ändå, Allahu akbar, under sol måne och de tusende stjärnorna.

-Kan vi gå samman med någon som ännu har en hel maskin, undrar Shafaq.

-Vi får nog sälja frukten som den är i år och försöka hitta någon med press till nästa år.

-Vi Ja då gäller att planera tiden så vi inte krockar, det är flera som står i kö. Vi får skörda allt vi har av alla frukter och grönsaker och sälja så mycket vi kan. Jag kan också sy dishdash med vackra broderier och så har jag tänkt på att laga mat till skolan och sjukhuset.

Shafaq blir entusiastisk vid blotta tanken. Energin flödar under den fria himlen med än sol än måne, det som hon saknat så.

- Du är den bästa, Habibti, var det inte då jag första eller var det den andra gången jag satt i fängelse som du broderade så vackra broderier på dishdash från olika städer och trakter?

Det ena året läggs till det andra i mycken kärlek, barnens väl och ve är så viktiga. Att de ska känna trygghet tro på framtiden och inte hamna i farlighet. Gaze och Marah går i skolan liksom Mahmoud, snart är det dags för Ahmed. De har klarat alla påfrestningar konstigheter bra, tycker Shafaq, men hon oroar sig lite då och då för Mahmoud. Han har varit med om så mycket mer, blir ibland så allvarlig, mörk i ögonen. Han är så känslig bär på en arghet som inte kommer ut, liksom jag bär på min vrede, tänker hon.

-Min älskade son, du är så duktig jag är så glad för ditt stipendium, så du kan studera vid Universitetet i Jenin. Tänk du som plågats så mycket ska bli tandläkare, vad jag är glad Mahmoud, men jag känner oro i min kropp.

Natten är varm Shafaq vandrar under den
sammetsmörka himmel som sett så mycket
som vet det hon bara anar. Hon vandrar
mellan de kära olivträden, stannar famnar en
knotig stam, viskar.

-Jag knyter mina händer
Jag kan inte famna er alla
en och en talas vi vid
barken skaver skönt mina bara armar
säg mig vad såg du igår i förrgår
berätta om min son
vad sa han var han ledsen mot din stam
åt han en omogen oliv
Han famnade mig så hårt
han sa att han älskar mig mer än solen i zenit
mer än månen i ny
Han hade stenar i fickorna
Kära älskade, nu intifada igen.

"Vi har inte hunnit bygga färdigt när den andra intifadan börjar. Israelerna kommer och gör förfärliga saker mot min familj. Min äldste son Mahmoud som är mycket intelligent och studerar till tandläkare vid Arab American University i Jenin, de kommer och tar honom och sätter honom i en liten cell i tre månader. I kyla binder de händer och fötter slår honom och han får hänga i händerna armarna flera timmar, i taket i mörker i kyla hänger han, varje gång. Förstår du, jag skriker jag gråter dina tårar min son. Sedan sitter han i tre år och vi får betala 26000 shekel för att få honom fri. Vi säljer det som går att säljas, får också hjälp av kristna, av människor som kan."

ANDRA INTIFADAN

Shafaq och Mustafa får inte under första
halvåret besöka Mahmoud. De vet genom
ombud att han far mycket illa. Han sitter i
fängelse i Ashkelon. Cellen är mindre än en
kvadratmeter, han är bunden till händer och
fötter. Han får varken mat eller vatten och inte
gå på toaletten. Han torteras under förhören.
Stengolvet där han ligger är iskallt.
Det gör mycket ont i Shafaq, det känns som
golvet gungar, ormar söker sitt bo i hennes
huvud, hon känner maktlöshet, vrede.

*-Mustafa vad ska vi göra, han kastade inte ens
en sten. De anklagar honom för att ha skrivit
saker på Facebook som uppmuntrar folket i
Gaza till uppror mot Israel. Det han säger är
att han älskar Palestina han älskar alla de som
kämpar för vårt land. Flera har fängslats för
det de skrivit på Facebook. Det är inte klokt.
Ännu fler har skrivit samma sak men inte
fängslats. Han är en god son, intelligent
människa som tvingas äta frukterna av den
elakhet och ondska som härskar i vårt land.
Hans oskyldiga kropp bryts ner.*

*-Lugn min kära älskade Shafaq, jag hörde att
de flyttat honom till en annan cell inte hänger
han längre i isoleringscell. Han får säkert
vatten och kanske något att äta. Och det är
alltid något.*

*Är det sant, då finns kanske en möjlighet att
besöka honom, då får jag se honom möta hans
förtvivlade ögon. Vem kan vi tala med vem kan
hjälpa oss, jag tror jag blir tokig. Vi måste göra
något Mustafa!
Ja jag tror vi måste anlita en advokat om vi
hittar någon som kan nu under intifadan. Vi får
inte ge upp kära Habibti.*

Det tar en tid, det tar många månader, det tar
mycken kraft, det krävs många papper att
fylla i. Advokaten har fått besöka honom.
Mahmoud ansöker om att bli förflyttad till
Megiddo-fängelset, som är närmre familjen
och hemmet. Till slut har Shafaq ett papper i
sin hand som bekräftar tillstånd för ett besök i
fängelset. Nu är hon mer än nervös. Kan hon
ha med sig något, mat eller kläder och filtar,
hon vet att det är kalla celler och
fängelsekläderna är tunga men värmer inte
och Mahmoud har alltid haft svårt att andas
när det är kallt. Herregud hon vill inte riskera
att göra fel så Mahmoud råkar värre ut.

Detta första besök höll på att gå helt åt
skogen. Den förnedrande kroppsvisiteringen,
kontroll av ID-handlingar först i Jenin där
Röda Korset sedan kör dem i buss till Jalame
där återigen kontroller görs, nu av militärer.
Så buss igen till Megiddo där en mycket
noggrann visitering utförs som gör Shafaq så
upprörd att hon snubblar och faller. Två nej
tre soldater omringar henne bums, riktar sina

kulsprutor mot henne..

*-Vadå vad tror ni, ni har redan känt på hela
min kropp och i korgen här har soldaterna där
borta redan sett att det bara är lite mat kläder
och en filt! Mahmoud har svårt att andas när
han blir kall. Det här har jag fått tillstånd till.*
Shafaq skakar och darrar, känner rädslan
krypa i kroppen.

-Upp nu ställ dig mot väggen.

De pressar henne mot väggen, tar på hennes
kropp, förnedrar henne vänder upp och ner
på korgen, äpplen bullar en pizza väl inrullad i
ugnspapper, brev från syskon, Baba, vänner,
allt sprid över det skitiga golvet där stövlar
med smuts från smutsiga uppdrag klampar
omkring. De tvingar henne att klä av sig
jackan.
Shafaq pressar tillbaks tårar av förtvivlan,
tiden går, hon hade fått 45 minuter att möta
sin käre Mahmoud, hon ser i sitt inre hur han
sitter väntar tänker att Mama inte kommer.
Efter dessa grymt plågsamma månader har
han i sitt hjärta glatt sig så.
Kulsprutornas pipor är inte längre riktade
mot Shafaq, en pekar runt på hennes
utspridda gåvor, hon böjer sig ner och samlar
ihop, lägger tillbaks i korgen reser sig
darrande...

-Kan jag gå nu ...

*-Jaja varför inte,...*tre soldater skrattar elakt,
pekar mot nästa dörr.
-Men korgen tar vi hand om.

Mötet mellan mor och son blir kort de gråter
båda när de ser varandras kärlek.
Shafaq lyfter sina händer vill smeka sin
älskade förstfödde. Glaset mellan dem låter
deras händer mötas i en kall spegeldans. De
lyfter varsin telefonlur, frågor svar tårar
korsar förtvivlat genom iskall ledning. Minut
efter minut samlar sig på hög för att så snabbt
försvinna ut i fängelsets atmosfär. Några
fastnade för alltid i Mamas blödande hjärta, i
den älskade sonens misshandlade kropp.
Utanför fängelset väntar Mustafa med öppna
armar. Och en israelisk buss som ska avgå mot
kvällen. Hela dagen från tidiga morgon till
sena kvällen, för 45 minuter med Mahmoud
och inte ens det. Den utdragna visiteringen
stal minst 15 minuter.

*- Men jag måste ju se honom, måste se att han
lever.*

Det gäller nu att säkert ta sig hem. Det hörs
som det skjuts överallt. Intifadan växer i
städer och byar.

Hemma gråter Shafaq med sina barn Gaze,
Marah och Ahmed i varandras famn. Gråter

gör också Mustafa, en skvätt tills kaffet är
klart, tills tusen stjärnor däruppe säger stopp,
berätta nu vad sa han vår fine käre?

*-Jo just det han vill ha böcker, hade hört att han
kanske får tillstånd att läsa. Han sa
pluggböcker, han är benhård på att fortsätta
sina tandläkarstudier, vår envise gode son.
Ingen vet hur länge han blir kvar är inlåst.*

Han är visserligen dömd till fem år, men den
siffran vill inte vara verklig för Shafaq.

*Han lever kära barn, han är mager ser sjuk ut,
ögonen hans underbara ögon är nu fyllda av
den svartbruna smärtan och förtvivlan som
föds ur grymhet och ren ondska han nu matats
med, han är 24 år.*

Shafaq kastar sig ner på sin bönematta, hon
ber innerligt till sin Gud hjärtat är överfullt av
förtvivlan kärlek och hopp. Hon vill ha sin son
hem.

De kämpar de bönar ber, de förödmjukar sig
inför den militärmakt som ockuperat deras
land deras olivträd, fängslat deras son. De får
besöka Mahmoud högst fyra ur familjen åt
gången, de får betala hans mat, den som
fängelset erbjuder, och den är dyr. Två gånger
om året får de ta med två omgångar
underkläder, strumpor och pyjamaser.

Så småningom får de tillåtelse att lämna
böcker till Mahmoud. De kristna palestinier som finns runt omkring,
de som tidigare hjälpt Shafaq då Mustafa
fängslades så brutalt vid frukostbordet, de
hjälper också nu. Shafaq söker minutiöst
igenom det halvfärdiga huset, allt som är
möjligt att sälja samlar hon ihop. Det vill till
för israelerna har begärt en stor summa
shekel för att ens tänka på att släppa ut detta
missfoster som de säger, hela 26 000 shekel!
En mindre förmögenhet.

-Även under en intifada eller kanske än mer då
finns behov av dishdash, hijab, barnkläder,
skor, sängkläder, en och annan möbel, tänker
Shafaq.

Allt försvinner till de som behöver och ger en
liten slant att lägga i kaffeburken som det står
Mahmoud på. Vännerna hjälper, pengahögen
växer i burken. Förhandlingar frågor och svar.
Tiden går intifadan växer blir grymmare och
dummare. Det byggs murar runt det
ockuperade Palestina. Så elakt så korkat.
Bosättningar byggs på varje höjd i naturen. Ett
ölandskap som krymper blir kvar på den
ockuperade palestinska jorden. Ett folk som
själva upplevt förföljelser stöld konfiskering
av hus lägenheter konst, gör nu likadant mot
ett annat folk, ett broderfolk som bara bott
brukat sin jord levt och nu inte får fortsätta i
sina förfäders jordspår.

Herregud så korkat, varför inte bara hjälpas åt
den korta tid var och en har här på allas vår
jord.

Tiden skjuts sönder bombas exploderar i
ljussken från öster till väster från norr till
söder. Luften jorden förgiftas, fylls av
förtvivlade människoskrik dödsskrik, skrik i
vrede skrik på en Mama en Baba, barnagråt.

Till slut efter tre år och tre månaders plågor
tårar och kamp lyckas det, 26000 shekel finns
i kaffeburken det står Mahmoud på. Han kan
nu köpas fri.

EN HELT VANLIG DAG UNDER INTIFADAN

En helt vanlig dag under intifadan, nervöst här och där, skott hit och dit, Shafaq går oroligt omkring bland sina barn, sin mat i sitt kök, bilar hörs, någon kommer springande rakt in i köket. Rädd blir hon inte direkt. Rädslan har blivit sliten närmast utsliten. Shafaq är så trött i sin själ, trött av allt ont och elakt, värst är nog förnedringarna som haglat likt kulsprutor så många år, och nu då hon kämpat så.

Luften förändras, är nu mild och runt henne doftar ros vår sol.

-Är det änglar som sjunger så vackert i mitt kök, vem står där vem sprang in i mitt kök? Jag ser fjärilar, syrsor som stämmer sina strängar, vem andas på min panna?

-I min värld är ni alltid här hos mig mina barn, min man för alltid, är Mustafa. Kanske är detta himmelen.

Det är det förstås inte, inte alls. Shafaq dimper ner på golvet, just där mitt på golvet framför fötterna på Mahmoud, som så hastigt efterlängtat stegar in i köket. I bland är glädjen och lyckan så stor att den inte ryms i en kämpande människa. Mahmoud lägger sig bredvid, kryper in i hennes famn och andas kärlek på sin Mama.

ISAM

Första Intifadan
1987 – 91 – 93

Isam traskar gatan fram, arm i arm med
Shafaq. De skrattar, talar om en och annan
pojke de känner som är snygg, rolig, skärpt
eller bara gullig. Det är stilla och fridfullt.
Några barn leker tafatt på gatan. Från en
trädgård hörs prat och skratt, kvinnor står lite
här och där, eller går hemåt eller bortåt i
något ärende. Framför flickorna kommer en
kvinna gående med en kasse i var hand. Isam
ser att det är hennes vän Ahmeds Mama.
Ahmed som de just talat om och Isam ropar
glatt till henne.

- Salam Umm Ahmed.

Umm Ahmed stannar till och ler med hela sitt
vänliga ansikte, samtidigt som hennes sons
huvud sticker upp mellan Isam och Shafaq,
med sina skrattande ögon och javisst med ett
iq högre än de flesta.

- Ha, det är förstås mig ni talar om. Den
skärpte, det måste ju vara jag!
Ett ögonblick försvinner, Ahmed stelnar till,
hans tonfall fylls av skräck.

- Vart är ni på väg, hör ni bilarna, israelerna är
på gång, stick hem. Vi skulle hämta en cykel hos
Abu Said, men nu vet jag inte, vi hinner inte

dit...satan nu är de här......

Ahmed stirrar skärrat på flickorna och så på
Shafaq igen.

*- Shafaq vad har du i klänningen....du tänker väl
inte....*

*- Sluta, det är bara tre och det finns ingen
sådan tanke, tycker bara de är fina.*

- Stopp sluta era förbannade.....släpp henne..

Isam skriker åt de två soldater som rör sig på
var sin sida om Umm Ahmed.
Var kom de så fort ifrån och vad har de med
Umm Ahmed att göra? De måste ha hoppat av
sin bil, men varför?
Allting går väldigt fort, den ena soldaten, som
ser lika ung ut som Ahmed, sliter tag i Umm
Ahmeds kassar, den andra skriker något på
hebreiska, ger henne en knäspark samtidigt
som han drämmer sin k-pist rakt i pannan
mellan ögonen. Umm Ahmed faller baklänges
utan ett ljud. Soldaten som står med kassarna,
vänder dem uppochner, grönsaker ramlar ut
över gatan, maftoul rullar som pärlor åt alla
håll.
Vad trodde de? Att det var hemmagjorda
bomber som en vacker kvinna skulle bära
runt, en kvinna, en Mama, en hustru på väg
hem för att laga god mat till sin familj. Vem
kommer nu att stå och röra i grytorna, vem

kysser familjen god natt, vem finns där, när
Umm Ahmed är borta.
En sten viner genom luften, Shafaq är rasande.
Hon har två till, Isam tar snabbt en från
Shafaqs hand, kastar det hårdaste hon kan.
Rakt i soldatens nacke träffar den. Den tredje
hörs med lite dov klang, när den träffar en
annan soldats hjälm.

-*Förbannade terrorister nu jäklar.....*en ny
harang på hebreiska. Isam känner hur hon
slits upp från gatan, slits lyfts i håret, hennes
hijab har trampats ner i grus och sand, hon
kastas, slängs upp på flaket i en täckt
militärlastbil. Ahmed blöder i ansiktet, det
rinner. Han får en gevärskolv i magen så han
stupar. I en tilltrasslad blodig hög ligger
flickor och pojkar som nyss var fnittrande
flirtiga tonåringar, nu förvandlade till,
beskyllda för att vara samhällsfarliga fiender.
Bilen startar rasande i grus och sand på den
lilla bygatan. Den ena efter den andra försöker
sätta sig upp. Soldaterna skriker åt varandra,
plötsligt tvärstannar bilen, och hjälp, Isam ser
som i en dimma hur Shafaq ramlar av. Färden
mot fängelset fortsätter utan Shafaq, men med
Isam och Ahmed och fyra flickor och två
pojkar, som redan tidigare blivit uppkastade.

-*Tack gode Gud*, tänker Isam, *Shafaq ramlade
av. Tack Gud för det.*

I var sitt rum, kala gröna slitna, är de sju så

unga människorna isolerade, men
tillsammans med två soldater var. Vilken lyx
och flickor är det också eller unga kvinnor
med kulsprutor över axeln, som vaktar dem.
Dessa kvinnliga soldater är så arroganta, de
skrattar åt de löjliga ungdomar eller barn, som
vågat kasta sten på välutbildade intelligenta
israeler.

*- Ha, ska nog klämma sanningen ur dig, din lilla
hora, sätt igång och berätta era planer.*
En av de två soldater som vaktar Isam, binder
ihop Isams händer med ett rep.
*-Det var väl inte bara några stenar du planerat
att kasta....säg nu,* skriker hon, *säg var du gömt
din hemmagjorda äckliga bomb och vilken av
våra fina nybyggen hade du planerat att
förstöra? Vilka av våra barn tänkte du
mörda...svara din förbannade slinka! Känner du
det här? Soldaten hakar fast repet hon knutit
om Isams händer i ett rep som hänger i taket.
Den andra soldaten hissar upp Isam en bit från
golvet. Varför skriker du, tror du att du slipper
undan!...Haha nu får du hänga ett tag, sedan
vill du nog prata med oss. Vad gnäller du för, du
har ju fått enskilt rum på det här hotellet.*

Gapskrattet ekar långt efter att dörren smällt
igen.

Isam är 18 år och hon får lära känna vad
tortyr är, hur invecklat man kan bli plågad,
ofta så sofistikerat, för att det inte någon tid

efter ska synas. Hon får lära sig vad enskilt
rum är. I hela två månader får hon uppleva
den lyxen, ofta hängande i armarna och hur
det känns, när det nu är vinter och nätterna
iskalla här i Megiddo fängelset. Att ligga på det
iskalla golvet, skaka av köld och det känns
som kisset blir till is i byxan. Andas in den
egna stanken, känna hunger och törst riva i
kroppen. Ensam och isolerad i skräck, plågor
och förtvivlan.

Efter två helvetiska månader i isoleringscell,
kastas hon en morgon in i en större cell där
sju flickor trängs och hungrar. Mitt i allt
elände känner Isam en glädje i att få någon att
tala med. Det är flickorna som fanns på
samma flak hon kastades upp på. De håller om
varandra. Några tårar finns inte längre. De
räknar dagar åt varandra, räknar kackerlackor
som ibland lockar till skratt. Livet är så absurt,
grymt och orättvist.
Isam tänker ibland på en viss ung man. Bara
ibland i mörkret låter hon det ljus som finns
runt de minnen hon äger, flämta till i det
mörka. Då känns det som hon orkar att
uthärda. Under dagarna, då kan det bli
tvärtom, så att ljuset försvinner i dagens
brutala ljus. Men han finns där för henne.
Ahmed måste finnas, måste leva. Ingen får
besöka henne. Enda gångerna hon får lämna
cellen är då arrogansen sträcker sina klor
efter hennes hjärta och frågor haglar och gör
huvudet surrigt. När hon släpas tillbaka,

undrar hon vimsigt vem hon är, vad hon heter.
Ett konstigt fnitter spretar ut ur munnen,
någon slår på hennes rygg, skickar en spark
brutalt rakt i hennes mage, så kastas hon in i
cellen bland sina likasinnade, hos sitt folk.
Men en morgon tar det slut. Två kvinnliga
soldater står i den öppna celldörren, en av
dem skriker hennes namn som vanligt. Hon
tänker, nu ska de plåga mig igen, jaha... Men
de pekar åt ett annat håll ute i gången, knuffar
henne i ryggen, säger...

*...stick nu slipper vi dig din hora, ditt avskräde,
stick hem nu till din smutsiga familj.*

Isam springer inte mot sin Mama och sin
Baba. Isam springer inte längre, hon går stilla
mot sitt liv, sin familj, sin framtid. En stund
känner hon något som liknar glädje. Hennes
käre Ahmed är där, vackre Ahmed med så
många snabba tankar i sitt huvud. Ett huvud
som fått slag, tvingats ner under vatten tills
det var nära att sprängas. Där står han med
sin unga kropp som inte längre känns så ung.
Ahmed har känt friheten en natt och en dag
redan. Känt sorgen som bor i hans hem där
ingen Mama längre finns.

Nu står han där. Isams kärlek står vid bilen,
ler med oro i ögonen. Så håller han ut
armarna, fångar henne i fallet och hon känner
doften av kärlek. Alla har mött upp, alla i byn

hela stora familjen, vänner. Alla bilar, hon ser
inte slutet på bilkaravanen. Flaggor viftar, det
hurras, det sjungs och de passerar byar,
städer där vägkanterna fylls av vinkande
människor. De två skall firas, de är fria. Hon
lyfts upp genom takluckan så hon kan se,
vinka tillbaka, bli glad igen över livet mitt
ibland sitt folk.

Isam återerövrar långsamt sitt vardagsliv, sin
plats i familjen, träffar sina vänner, och förstås
sin Habibi. Hans bild, hans ansikte, har funnits
där i henne i det helvete hon gått igenom. Hon
har bett till Allah att fylla hennes älskade med
styrka, för hon förstod att han säkert hade ett
värre helvete än hon. Han säger han försökt
bära hennes plågor, ta över skräck och smärta.
I varje bön till Allah har han bett att få ta över.
I varje slag han fått, har han tänkt att hon fått
ett slag mindre. Och ja, hon förstår att det var
så, det var därför hon orkade.
Nu finns det bara en sak i hela världen, hon
vill, han vill. De ska gifta sig, låta glädjen,
kärleken och tron på livet segra.

Klänningen är vit och vid med många
underkjolar, spetsar i överflöd, lång slöja som
börjar med blomsterkronan, som omger det
noga uppsatta håret. Skor med smala höga
klackar. De står på en liten scen och de är
sammanvigda. Ett bord har lyfts fram med
gåvor från familj, släkt och vänner. Och
hennes käre tar upp något ur sin ficka.

*- Till min vackra älskade hustru, du är värd allt
guld på jorden, här är en början,* säger Ahmed
med en röst som darrar av lycka.

Ahmed öppnar ett paket som ligger på bordet.
Han håller upp ett gnistrande guldhalsband
täckt av safirer och brillianter. Han för det
runt Isams hals. Det känns kallt och lite tungt.
Så är det armarnas tur. Tre olika guldarmband
på ena armen och fem runt den andra. Alla
smycken är gamla, vandrar från generation till
generation. Umm Ahmeds smycken har nu
funnit sin nya brud.
Isams Mama tar upp en ask och visar alla. En
koran ser det ut som, men döljer hemligheter
som tillhör detta välsignade äktenskap. Nu
kommer mormor Baba upp på scenen.
Traditioner kan ibland hjälpa och förgylla,
hålla samman.
Sedan när alla dansar, ja hela byn verkar
dansa, då finns ingen tanke på en kall cell,
ingen skräck för militärbilar som dundrar
fram i mörka städer där elen stängs av. Denna
dag och denna natt är välsignad och vill inte
veta av några bultningar på dörrar som väcker
upp och slår sönder möbler hos människor
som sover. Ingen tänker heller på de som
kanske hamnar i kölden där ute och så
småningom i celler och det börjar om. Nej inte
nu. Låt dem dansa i vita skyar, med guld som
fångar skratt och kärlek. Inget ska denna natt
få störa den älskliga bruden och den
kärleksfulle brudgummen, som tillsammans

strålar mer än allt samlat guld i Palestina.

-Hallå min Habibti, hallå Isam kom hit, älska mig. Jag vill hålla om dig, jag vill sjunga i ditt öra, rakt in i ditt hjärta vill jag att min kärlek ska dansa.

-Jaja jag kommer, vi kommer Habibi. Ser du glädjen idag då vår son gav mig en kick under hjärtat? Jag är så lycklig, vårt barn är på väg, ett kärleksbarn.

I SORGEN BOR KÄRLEKEN

- Habibi min kärlek, mitt liv min sol och måne,
hur kan du bara försvinna! Kom tillbaka till
livet, bli levande igen! De säger att du är död,
du kan inte längre se in i mina ögon, se all den
kärlek som bor i mig. Du är ju den oliv som
skänkte mig näring, det fikon som släckte min
törst min älskade, det olivträd jag vilade min
kropp mot, som du smekte som var din. Mitt
tusenåriga träd, som jag alltid evigt ville luta
mig mot.

Isam ligger på sina knän, med huvudet
dunkande mot den jord hon fötts på, levt på
och älskat så på. Hon skriker ut sin förtvivlan
och sin sorg.

-Binti, mitt älskade barn, res dig, låt mig hålla
dig i min famn, vad sa männen, vad sa de som
gjorde ditt hjärta till sten? Käraste du berätta
för din mor.

- Mitt liv är slut käraste Mama, till sten, nej
värre än så, till betong blev mitt hjärta, till
betong min fot. Aldrig mer får jag skratta,
aldrig mer en dans under månens stilla sken.
De sa han dog i bilen eller på marken, de sa han
led nog inte så värst!
Inte så värst skriker jag då, han ska inte lida
alls, ni har mördat min man!

*Min lycka var kort, den dog med honom, de
mosade hans kropp hans ögon, hans läppar
som ville nudda min nacke min hals och mina
läppar, likt en fjärils vingar i sin dans över min
kropp. Jag vill han ska dansa sjunga och leka
med sitt barn, Mama.*

*-Hör ni han ska leka med sitt barn! Jag skriker
åt er för ni har fel. Han lever han ska leva han
ska älska mig i natt så hett! Så mycken kärlek
ska leva!*

OCH SEDAN

Sorgen är stor, men inbäddad i sorgen lever
minnet av den oändliga kärlek Isam och
Ahmed upplevde. I sin hand håller hon nu en
liten hand, där hennes kärlek fortplantar sig in
i sitt lilla kärleksbarn, där den lever vidare.
Nu frigör sig den lilla handen och barnet
springer mot fåren och de nyfödda lammen.

*-Mama mama kom ser du lammen, de har
kommit. Jag vill klappa krama fina lilla lamm,
så mjuk du är!*

*-Jag kommer ta det lugnt, vi sätter oss här på
marken. Du förstår de små nyfödda lammen är
lite blyga kanske förvånade. De har ju inte
hunnit träffa några människor ännu, vi är de
första. Titta se den här vill hitta sin mamma,
det är viktigt att de äter med en gång.*

-Jaaa nu snuttar den ååå vad sööt!

*-Kom Habibi, kom i mitt knä en stund, jag har
något att berätta för dig, något fint.*

-Ja vadå Mama, du är så utan skratt?

*-Min son, du vet att din Baba, Allah vare med
honom, du vet att han inte är hos oss längre,
men du vet din käre Amo Memet, han är ju som
din Baba nu.*

-Mmm Mama jag vet, jag älskar honom och han älskar mig också, det säger han varje dag.

-Ja och han älskar mig också, oss alla i familjen. Han vill bli min man förstår du, gifta sig med mig och leva på riktigt med oss. Dela vår stora fina säng tillochmed. Ta hand om oss.

Hand i hand går de tillsammans hem och det finns en ny glädje i deras liv.

Några år senare har familjen välsignats med två små flickor. Isam lever sitt familjeliv, men som för så många män, finns inte arbete åt hennes man, oavsett utbildningar. Isam vill mer, vill arbeta försörja familjen, liksom de flesta av hennes kvinnliga släktingar och kvinnliga vänner. Instängd på Västbanken är det inte tillåtet att söka arbete utanför det ockuperade Palestina, inte ens besöka de släktingar eller vänner som finns på andra sidan gränsen, den gräns som uppgraderas, nej nedgraderas då och då av Israel. Med hjälp av murar och stängsel.

Minnena från fängelset plågar henne fortfarande på nätterna, med plågsamma mardrömmar, som blandas med skräcken, att israelerna kommer och jagar ut henne i natten, att barnen är kvar i huset när granater kastas in, när det sparkas och skjuts.

På dagarna fylls hon ändå av den energi och värme barnen och hennes stora familj omger henne med. Hon tänker sig att kan hon klara en utbildning, få ett bra arbete, som lärare kanske, då blir livet normalt och hon kan med sin familj leva ett tryggt liv, nästan. Då kommer nattmaran att försvinna, tänker Isam. Men innan dessa tankar hunnit bli till handling, händer något annat.
En dag får Isam besök av en vän som berättar, att några av kvinnorna i byn har startat ett kooperativ. De ska tillsammans producera olika livsmedel till försäljning i Europa.

-*Vill du vara med, undrar vännen, vi får riktig lön och betalt efter världsmarknadspriser.*
-*Ja, absolut, vad roligt, hur fungerar det, vem köper av oss?*

-*Det är en palestinsk firma som är medlem i en global organisation som bara handlar av småbönder och småföretagare, som odlar ekologiskt. Lönerna är rättvisa, det vill säga kvinnor och män har samma lön, en bra lön dessutom och inga barn får arbeta.*

-*Det låter som en dröm, säger Isam.*
-*Vi träffas i huset mittemot moskén, som vi kommer att ha som klubbhus. I morgon vid niotiden. Då kommer du att få veta allt.*

Isam ler stort mot sin vän, och tänker att nu får hon möjlighet, att som kvinna göra något gott och positivt för sin familj, och kanske för sitt land. Dessutom får hon arbeta med en grupp kvinnor. Det blir fint att kunna träffa dem nästan varje dag. Vi kan hjälpa och stötta varandra. Och att ha roligt.

AHMED

Ahmed går med tunga steg, något haltande med käppen i vänster hand. Emellanåt stöter han den i den hårda jorden, i den smala gränden på båda sidor omgiven av små stenhus blandat med skjul gjorda av bräder och annat överblivet.

Han stannar plötsligt, det hugger till i korsryggen. Han känner smärtan sprida sig ner på framsidan av låret och vidare ner i vaden i vänster ben.

Varför är han ute och går när han får så ont? Hans son som är kunnig i det mesta menar att en promenad varje dag stärker musklerna så han inte får så ont. Nu tycker han ju inte att det är så. Han får mer ont ju mer han går. De dagar han med lite dåligt samvete skolkar, kan han sova utan knivhuggen i benet, som det känns som.

Ahmed suckar och undrar om han hade något ärende idag. Han går inte mot det håll hans vän grönsakshandlaren bor. Alltså skulle han inte handla. Han sträcker lite på sig då han kommer att tänka på sin son igen. Hans stolthet, som har en vacker hustru och en liten dotter som är det vackraste han någonsin sett. Nu minns han. Han skulle ju titta in på en matbit hos sonen. Ett litet leende skymtar i Ahmeds fåriga ansikte. Han kramar sin gamla käpp med vänster hand och kommer att tänka på då han tillverkade denna käpp. Det är nu några år sedan han insåg att det var dags. Han hade gått ut bland olivträden för att finna en så gammal gren att den inte skulle bära någon frukt mer i sitt liv men ändå inte för tjock och krokig. Ungefär som han själv. Han skrapade försiktigt av den yttersta barken, gick sedan till tunnan med vatten och sköljde käppen. Så satte han sig på en stol han hade utanför sitt hus, fyllde ena handen med sand och började putsa käppen.

Ahmed suckar vid minnet och tänker att det var då det. Nu går han vidare på sitt onda ben och sitt mindre onda ben. Åt jag frukost idag, tänker han. Mitt minne är som ökenvinden bland bergen. Det kommer och går.

Bergen ja, alla dessa berg och dalar som vi vandrade uppför och nerför. Då hade jag inte ont någonstans. Jag var en frisk och tapper ung man. I många år var jag ung. Inte en gång som man säger. En gång var jag ung! Vad korkat! Fast förstås själen min och hjärtat därmed, de blev gamla i förtid. Då när mama dog, då när byn dog, då följde mitt hjärta insvept i själens svarta slöja med.

Nu har Ahmed hamnat i minnenas värld igen. Det händer då och då. Inte så konstigt, han var en ung kämpe, en fedayee under många år. Överlevde många sammandrabbningar, bakhåll och bombningar. Han kommer att tänka på en särskild tid där i de jordanska bergen. Gerillan fick besök av ungdomar från Europa. En del var studenter andra journalister. Och alla sa sig vara aktivister som stödde Palestinas kamp. De fick leva med oss, hänga med i vår takt och vara med om ett och annat under en månad, vill jag minnas.

Jag minns en ung kvinna särskilt väl, hon var
lite speciell för hon ville inte sova i tält. Nu
skrattar Ahmed tyst för sig själv. Följden blev
att hon sov lite här och var under något träd.
Så klart kunde hon inte lämnas själv bland
ormar och folk, utan hon fick en egen
bodygard. Ahmed smakar på ordet bodygard.
Han tycker om det. Och den bodygarden var
den bäste vän Ahmed någonsin haft och som
kvinnan kallade Jeriko. För han kom därifrån.
Nu vill Ahmed inte tänka på den tiden mer.
Inte på sin vän vars liv slutade så grymt.
Ahmed vandrar vidare på sin väg till sonen
och hans familj. Det onda benet hänger bra
med och han närmar sig så sakta huset han
ska till. Men vad nu då, han ser en massa folk
längre fram i gränden. Ahmed känner hur
hjärtat stannar, nej nu bankar det förtvivlat!
Nej det kan inte vara sant det är dörren till
huset han ska till. Sönderslaget. Gryningsljuset
sprängs i regnbågens alla färger. Ahmeds ben
vandrar för sig själva mot hans livs värsta
stund.

DÅ OCH NU

2015 DET HÄNDER NU

Natten är mörk, sanden är het, hjärtat klappar.
Jag sträcker sakta ut min sandalklädda fot
genom bilens öppna bakdörr och låter strax
nästa fot, kroppen och väskan följa efter.
Jag vinkar åt det vänliga paret jag liftat med.
Det är så stilla. Jag sätter mig på min väska
och njuter av dofterna från blommor, lyssnar
på syrsor som spelar i natten. Jag vänder
ansiktet upp mot den stjärnbebodda
himmelen.

"Stjärnorna blinkar nervöst, stirrar
genomträngande i det skälvande mörkret i
olivlunden, runt huset där den lilla familjen
ligger och sover. Kvinnan ligger på sidan med
sin högra arm runt det lilla barnet. Den vänstra
vilar på täcket som döljer kvinnans späda
kropp. Mannen ligger på barnets andra sida på
rygg med den yttre armen på sitt bröst och den
andra den som är nära barnet, den ligger upp
över barnet liksom beskyddande sträcker den
sig över till sin hustru, där den på så sätt möter
hennes arm.
Frid råder just innan....
Braket dånet är brutalt, dörren sparkas in.
Mannen för försiktigt ner sin högra fot och sitt
högra ben på golvet, kroppen gör sig beredd att
följa efter. Han vet att under sängen finns en
käpp, tänkt att vid behov kunna försvara sig
med, försvara sin familj med.
Dunsen av hans kropp hörs inte, det som hörs

är kulsprutans smattrande.
Kvinnan och barnet badar båda i blod och livet
i två människor har just nu flytt.
Mannen fick leva för att bära sorgen vidare."

När sedan kvinnans och barnets grop är klar
på begravningsplatsen ligger mannen på sidan
i barnets och hans kvinnas grav. Hans vänstra
arm ligger runt barnets huvud, den högra
håller om barnet, högra knät är uppdraget.
En stund till vilar mannen i sitt barns sorg i
sin kvinnas sorg, innan han lyfts upp för att
själv fortsätta leva.

Jag står på knä tillsammans med mannen vid
graven där hans älskade familj ligger. Där
mannen förut vilat i sin sorg tätt invid sitt
barn, där ligger nu kvinnan, hans hustru med
sin högra arm vilande på det älskade barnet.
Jag finns nu på mannens högra sida och håller
lätt om hans skakande arm. En äldre man
knäböjer på mannens vänstra sida och har ett
stadigt tag om mannens vänstra arm. Jag
tänker att det nog är en släkting, till den
stackars familjen och som känner som jag, att
vi måste hindra mannen från att kasta sig ner i
graven. Igen. Nu ser Jag att den äldre mannen
gråter han ylar, högre och högre, han lyfter
sitt fårade ansikte mot den himmel som nu
åter svikit sina jordebarn.

Jag reser mig långsamt och ser mig omkring.
Männen är nu omgivna av flera kvinnor och

män. Sorgen, gråten delar med sig. De två männen, en ung och en gammal håller hårt om varandra för att inte tappa det lilla fotfäste de nu har i sina liv.

Det här var inte just vad jag hade väntat mig första dagen i Palestina. Jag befinner mig på Västbanken i staden Hebron, på väg till mina vänner sedan många år. Jag hamnar mitt i helvetet.

Och ändå, jag visste att mycket hemskt händer i detta ockuperade land. Inte är det fred och frihet som råder. Men att hamna mitt i det brutalaste av det brutala, dödsskjutning av en vanlig familj, en mamma och hennes barn när de sover, nej det fanns inte som en tanke ens. Jag märker att jag står där och gråter, också jag. Jag måste söka upp mina vänner nu, tänker jag och ser mig om efter min resväska för att gå.
Åh min gud, den står väl kvar där jag satt på den, där denna grymma mardröm utspelade sig.

Från begravningsplatsen, som inte är en riktig kyrkogård, utan mer en tom sandig plats mellan bombade hus, till det hus där mina vänner bor, är en liten promenad på en halvtimme. Det är bra, tänker jag. Så hinner jag samla mig och andas lugnt.

Jag får stora varma kramar när jag kommer in i deras hus och vi blandar våra tårar. Nu måste Jag tömma mitt hjärta på all den förtvivlan och ilska jag upplevt de sista timmarna. Min vän Vesal, sätter mig vänligt och bestämt i en grön sammetssoffa.

-Berätta nu, lätta ditt hjärta kära vän. Vi vet vad som hände Mahmouds familj, men ingen av oss var i närheten av deras hus, säger Vesal.

-Jag kom så tidigt, fick lift i Ramallah med en man och hans hustru, som skulle hit till Hebron. De släppte av mig just utanför huset där det hemska skulle komma att ske, men ännu inte skett. Jag satte mig på min resväska för att njuta av den stilla stjärnklara natten i väntan på de första morgonpigga fågelsångarna, i väntan på solens ljus över dagens liv. Strax stördes natten av dundrande militärbilar. De starka strålkastarna delade gatans mörker och fyllde den med springande soldater, som vällde in i det lilla huset, mittemot den plats där jag satt.

Jag märker att jag fått en kopp med doftande kaffe i min hand. Jag dricker sakta i små klunkar, några tårar ploppar ner och skänker sälta åt kaffet. Tystnad har sänkt sig i rummet. Nattens tragedi gör sig synligt för var och en av de sju människor som stillat den första förtvivlade gråten. Jag tar ett djupt andetag för att fortsätta.

-Det var dörrar som sparkades in, kulsprutors
elaka smatter, hårda kängor som stampade
hårt i marken, så soldaterna som snabbt kom
ut, hoppade in i sina militärbilar och försvann i
ett moln av sand och avgas.
När bilarna försvunnit sänker sig dödens
tystnad. Jag reser mig på darrande ben, vill gå
in i huset för att se om jag kan göra något. Jag
rör mig trögt över gatan och hör samtidigt ett
skrik fyllt av ångest och förtvivlan komma
inifrån huset. Det väcker min chockade kropp
och jag springer in genom den trasiga dörren.
Jag ser en man ligga tvärs över en stor säng.
Jag ser hans blodiga händer som klappar och
smeker ett barn och en kvinna. Mannen som
lever badar tillsammans med sin mördade
kvinna och sitt barn i blod, mängder av blod.
Så fylls rummet av gråtande människor. Man
sveper in kvinnan och barnet i sängkläderna
och börjar vandringen till begravningsplatsen.
Det råkar bli så att jag stöttar den arme
mannen, och många människor sluter upp
utefter vägen.

-Åh min gud, detta liv, säger Vesal snörvlande.
Och tårarna rinner.
- Jag tror vi måste äta nu, och sedan får vi gå
till graven för att hedra Mahmouds familj. Kom
jag måste hålla om dig.

Dagarna går och nätterna är mörka av sorg.
Jag och Vesal uthärdar dem tillsammans och
delar minnen vi båda haft.

-Så mycket som rivs upp ur händelsers koffert, suckar Vesal en natt.
-Jag tänker nu på då efter kriget 1967, då när du och jag var i Gaza. Min kusinfamilj vi gästade och särskilt mitt kusinbarn Yasmina som dansade för oss.

- Jag tänker ofta på den lilla flickan. Det var den första familj jag upplevde så nära, som drabbades så hårt, nästan viskar Jag.
-Så här är det minne som har en särskild kammare i mitt hjärta.

GAZA

GAZA 1967

-I Gaza i ett hus, en tid efter kriget som varat under sex dagar och sex nätter, en liten flicka omkring åtta år som vill visa sin dans. Hon har redan ett par år gått i dansskola i Kairo. Du Vesal, jag och familjen sitter i den stora hallen på stolar runt väggarna. Musiken slingrar sig fram från en grammofon, Yasmine svävar in i ringen i vit spets och tyll. Hon dansar med tåskor små piruetter, snurrar på tå, armarna rör sig i graciösa cirklar. Hon bär på en alltför ljuv dröm, för inte kan hon fortsätta i sin balettskola. Gränser är upprättade, förbudet att studera i Kairo när man bor i Gaza är nu fastslaget, gjutet i blod och sand.

-Ja, Allahu akba! Vesal ropar i natten.

-Så grymt, för nästa morgon sprängs familjens hus, grannhuset och fyra till lite längre bort, för det misstänks att de söner som bor i respektive hus har något samröre eller kanske har tänkt att ha det med gerillan.

Vesals rop har väckt hennes man Hasan, som nu kommer hasande i sina tofflor.

-Vad gör ni mina kära, vem ropar så i natten? Ni behöver mig och en kopp te, förstår jag.

Hasan skramlar en stund i köket, så kommer han med en välfylld tebricka.

GAZA 2015

-Varsågod, ät och drick nu, så ska jag skänka dig en fortsättning på din berättelse, Den är mycket sorglig men jag är säker på att ditt hjärta vill ta emot den.
En god vän till mig har berättat den för mig. Han bor i Gaza men vi lyckas ändå hålla ganska regelbunden kontakt med varandra. Som du vet var familjen ni gästade, våra släktingar. Yasmine, som dansade så vackert, dog ju inte, men vi har heller inte under alla år lyckats hitta henne.
Nu hände det sig så att min vän hade ett ärende till flyktinglägret Jabalia som ligger i norra Gazaremsan. Min vän har en liten odling av grönsaker och några fikonträd. Han skulle nu leverera en del till lägret. Lägret är jättestort och inte är det lätt att hitta dit man ska i alla smala gränder där just inga skyltar talar om var man är. Nåväl min vän har en liten pickup och snirklade således omkring lite här och var i lägret. Där har under årens lopp förekommit många bombningar och sprängningar av tält, hus och skjul. Det blir tomma platser, det material som överlevt används av någon annan.
Så plötsligt stannar min vän för det han ser, rör hans hjärta så starkt att han för ett ögonblick drabbas av svindel. Han stiger ur sin pickup och står som förstenad framför en gräsplätt mellan ruiner. En åldrad kvinna rör sig i märkliga cirklar. Hennes ena fot pekar utåt den andra

*inåt, hon nynnar något tyst för sig själv. En
melodi i hennes värld. Hennes ansikte lyser likt
ett oskuldsfullt barn, hon lever i sin barnavärld
där hon dansar lätt på tå, svävar virvlar runt
som då den vita lilla tyllkjolen vippade i takt
med musiken, till melodin som för alltid lever i
henne. Den som fanns innan det hemska hände.
-Min vän mindes vad jag berättat om Yasmine,
om vår släkt om vad som hände.* Hasans röst
skälver då han fortsätter.

*-Det som var hennes hem bombades då sönder
och samman, familjen utplånades, alla utom
hon, den lilla flickan. De ville roa sig,
soldaterna, hon kastades ner på golvet, de
skrattade som i vrål, en ställde sig med sina
stora militärkängor på hennes fötter, för att
hålla henne still, de trängde in i henne fläkte
henne sönder. En i taget byttes de om att
trampa på de små fötterna, att fläka trasa
sönder henne inuti. Alla fyra.
Detta vet jag för den läkare som räddade
hennes liv, skrev in det i sin journal om vad som
hände den natten. Någon hade sedan sagt sig
vara en släkting och hämtat henne när hon
kunde stå på benen. Men sedan är det stopp. Vi
har givetvis både då och nu hört oss för hos alla
släktingar, vänner, grannar, myndigheter och
alla vi mött och kommit på.*

Hasan suckar och tar ett djupt andetag.
-Nu fick vi en del av svaret, fortsätter han.
Yasmine, för det var hon som sorgligt dansade

framför vår vän. Hon hade tagits om hand av
människor i lägret. De hade i många år sett till
att hon fått något att äta och en plats att sova
på. Hon talade aldrig, var inte till besvär för
någon. Hon bara fanns där och ingen visste
egentligen när hon kommit. Men varje kväll i
skymningen går hon ut på den lilla gräsplätten
och dansar sin märkliga dans till de enda ljud
hon kan åstadkomma. Ett tyst nynnande av
toner.

Jag gråter och Vesal gråter. Vi förs åter
tillbaka till vår gemensamma upplevelse.

GAZA 1967

Då på väg hem från Gaza upplever Jag och
Vesal än mer av krigets fasor.
Sanden är inte längre bara sandfärgad, där är
stora fläckar av ljusröd, mörkröd, rostfärgad
sand med livlösa kroppar. En kvinna håller i
döden sitt mördade barn i sin famn. Barnet
håller i döden sina händer för öronen. Längre
bort rör sig människor sakta stapplande eller
springande. Flyende människor. Bakom dem,
muller av bilar tanks krigsmaskiner. Mera
blod här och var under olivträden som lever
sitt eviga liv, som nästan aldrig dör, som blir
många tusen år. Som sett så mycket, som
kanske ville berätta om människor som så
länge skött dem så väl, vårdat och skördat. Nu
denna generation av fäder av mödrar av
döttrar och söner. Nu ligger de runt omkring
som famnar de för sista gången jorden de
ärvde, jorden och träden de älskat.
Vesal och jag går trötta och förtvivlade genom
mörkret i helvetet vi inte vill se. Vi vill hem till
Hebron. Vi har avtalat med en släkting som
har bil att vi ska få skjuts. Vi har i detta kaos
inte hittat honom. Vi går mekaniskt utan att
tala. Att inte sätta foten på något mänskligt
gör oss stumma. En evighet av tid sluter oss
samman som i en luftbubbla. Vi når så
småningom en vägkorsning där några bilar
och en grupp soldater står. Och där finner vi
också Vesals släkting, högt pratande och
viftande med händer och armar. Han får syn

på oss och tystnar. Soldaterna pekar och
skriker, och vi förstår att vi får åka.

Några mil därifrån växer ilskan vreden
förtvivlan till ett motstånd färgat i rött. De
som hann över en gräns mötte varandra till
vredens motstånd. Jag når dem senare då de
samlat sig, de unga pojkarna, fäderna som
finns kvar. De berättar då, de talar om sin
kamp för rättvisa, för att åter få känna
Palestinas sand sila mellan fingrarna, få
sträcka sina armar runt ett knotigt olivträd.
Åter få skörda från de eviga träden. Jorden vi
ärvde, säger de, skall åter bli vår. Vi ska
kämpa.

DEL 2

GERILLAN

Jag greppar min ryggsäck och hör en suck
bakom mig. Det är en student från Irland som
är här för att jämföra deras kamp på Irland
med den palestinska kampen. Han har
argumenterat hela bussresan från flyget. Jaha
vi får väl se, säger jag trött. Alltid lär man sig
något. Nu blir jag fråntagen min ryggsäck av
en allvarlig ung fedayee samtidigt som en lång
man tar min hand och presenterar sig som
Abu Daoud, en av ledarna för milisen ska det
visa sig.

Så börjar vandringen, den vandring som med
korta avbrott och en hel del händelser,
kommer att vara en månad.
Jag lever med gerillan, vandrar i Jordaniens
berg, lyssnar på männen, unga och äldre, lär
känna deras sätt att tänka, får höra Palestinas
historia flera gånger ur olika hjärtan. Hur
återerövra landet gårdarna, vilka strategier,
vilken taktik, hur få världen att förstå, att
stödja kampen, och jag undrar tillsammans
med dem hur familjerna mår, om de finns
kvar. Åter och åter hör jag från männen.

- *Lever min Yumma, min Yaba, min familj, har
de sprängt också vårt hus.*

Och de berättar under vandring, när vi har en
te-paus, när vi slår läger och sitter runt elden.
En del vet, kommer från strider de sett då
familjen mejas ner, smulas i blodiga slamsor
färgande sanden röd. Många många har

drivits iväg till flyktingläger i Jordanien och
Libanon, andra till de enorma lägren i Jenin,
Bethlehem, Gaza eller Jeriko. I flera fall hela
byar och städer då människorna jagas ut på
gator gränder torg för att skjutas sparkas i
rasande tempo. Högvis av mammor pappor
barn farmödrar mormödrar kusiner flydde,
drevs iväg över bron till Jordanien. Väldigt
många ligger i massgravar. En del barn,
ganska många, växer till sig några år i
förtvivlan och vrede, tills de hör om Al Fatah,
gerillan med Abu Ammar. De berättar att då
ville de vara med och kämpa, strida för att få
återvända till sina fäders gårdar. Vara till
nytta. Och de urgamla olivträden väntar att få
höra sitt folks, sina människors glada prat, få
känna de kunniga och ömma händer som
plockar de mogna frukterna.

Gerillan vandrar och vandrar, slår läger för
några dygn, ibland endast en natt. Den unge
fedayeen, jag kallar honom Jeriko för han
kommer därifrån och som mötte första dagen
vid bussen, han vakar varje natt över mig då
jag sover under något olivträd eller klippa.
Jag träffade redan den första och enda natten
jag sov i tält, på ganska stora och rätt många
sandloppor. Kanske larvigt, tänker jag, men
ingen verkar ha något emot att jag föredrar att
få sova under den stjärnfyllda himmelen som
känns så nära.

känner den inte. Han är van och han har
tankarna på annat håll.
*- Bilden av sin Yumma och sin lillebror dansar
likt fjärilens flykt framför hans inre öga. Åter i
Jeriko. Han vill formulera sina tankar så att
hon skall förstå den passion som driver honom,
driver fedayeen.*
Vi stannar för en tepaus och han sätter sig
nära mig.

*- De flesta är döda, inte Yumma, säger han. När
de kom och sköt, ramlade Yumma då hon skulle
ta upp min lillebror. Då föll det först en skjuten
människa över henne och blodet rann ner över
hennes ansikte. Hon tycktes död, sedan föll flera
till och hon låg underst med armarna omkring
min bror. Yumma tyckte hon slutade andas, en
hel evighet. De två, Yumma och min lillebror
överlevde. De väntar på mig. Min bror min fine
lillebror, må Allah beskydda honom, han
väntar, Yumma väntar och hoppas. Vi två är de
enda barnen av sju som överlevt. Yaba, Teta
och Jiddo, Khalo och Khalto mördades samma
dag. Också mina kusiner, alla mördades de.*

Jag vill ta hans hand eller krama honom, men
det går förstås inte an. I stället ser jag honom
djupt i ögonen, försöker överföra all den
varma förståelse jag känner. Jeriko ser
begrundande på mig, så ler han stort och
fortsätter.
*-Jag och flera från Jeriko blev så småningom
uttagna av ledarna i Al Fatah för att bli*

fedayeer. Vi fick förstås först en tuff utbildning innan vi kom med i gerillan och hamnade här.

Efter en stund fortsätter vandringen. Så händer något. Jag ser på Jeriko som kastar en snabb blick upp mot den heta dallrande skyn. Han gör ett tecken med ena handens fingrar samtidigt som han ropar något. På ett ögonblick har han uppfattat planet högt däruppe som spanar åt de kommande djävulsplanen, vilka strax dundrar ner över den gröna dalen.
Ropet fortplantar sig och väldigt fort försvinner människorna in i de oändliga bergen som gömmer tidlösa grottor och klippor som gjorda för människor och djur att försvinna in i.
Napalmelden sprider sig snabbt och förvandlar allt till en svart död.
Jag stirrar ner i den svartfrätta dalen och känner ett svindlande illamående.

Kilometer blir till mil av torr het vandring uppför den slingrande stigen. Vi rör oss lugnt i hettan. Avbrott kommer då och då. Sött te, ost och bröd. Jag sitter bland männen, jag passar på att fråga sådant jag funderat på. Och de tävlar om att svara. Försöker förklara den blandning de bär på i sitt inre av ilska hemlängtan och kärlek.
En fedayee berättar om sin Jiddo som lever i ett flyktingläger utanför Betlehem, inte långt från den gård som i generationer tillhört hans

familj. Det är en av de tusentals gårdar som jämnats med marken eller av israeliska staten överlåtits åt ofta invandrande judar.

-Min Jiddo bär dag och natt sin gårds huvudnyckel runt halsen, säger en fedayee vänd mot mig.
- Han bär den närmast kroppen i ett snöre. Om han inte fått återvända hem innan han dör, kommer nyckeln att bäras av nästa generations äldste. Det skulle då vara min Yaba men han är död, likaså min Yumma, så egentligen är det jag som står i tur.
Sådär gör alla bönder som drivits på flykten. Även om husen är bombade, eller bebos av inflyttade israeler, är det en viktig symbol. Vi har alla samma mantra. Vi ska tillbaka, vi ska ha vår gård på nytt och vi vill bruka vår jord, plocka våra oliver och dansa under skördefesten.

MARTYRERNAS BARNHEM

Vi vandrar åter, en och en, fötter följer fötter
längs smala stigar mellan sten och buskar som
ibland bär någon frukt, ibland har vassa
taggar som vill fastna i kläder eller rispa
nakna händer och armar. Jag sneglar bakåt,
ser inte slutet av den slingrande människo-
ormen, inte heller ser jag de som går längst
fram. Så många vi är! Och så svårt att se att
det är människor i det dallrande ljuset. Det ser
mer ut som om sanden, stenarna och
buskarna fått för sig att vandra vidare uppåt
mot bergets topp.
Luften är het, solen jobbar på övertid. Nu
skymtar hus kanske en by, barn kommer
springande från en trädgård, skrattar, ropar,
kastar sig om benen, upp i famnen på förste
bäste fedayee, som kramar, svingar upp i
luften. Gerillan har kommit till Martyrernas
barnhem, ett vackert hus omgivet av en
trädgård där alla sorters fruktträd verkar
finnas och med en vidunderlig utsikt över
berg och dalar.
Jag går tacksamt in i det något svalare huset.
En stor matsal och ett nästan lika stort kök
upptar hela nedervåningen. Väggarna är fulla
av foton på unga män och lite äldre män, en
del utstrålar stolthet andra ser bort i fjärran
medan några ser glada ut. Jovisst tänker jag,
så där är det här i livet, men var är kvinnorna,
mödrarna systrarna mormor, farmor och de
barn som mördats? När jag vänder mig om ser

jag att kvinnorna, de finns på motsatta väggen.
Så kan de le eller gråta mot varandra.
Kvinnorna och männen. De som offrat sig och
de som blivit offrade. På kortväggen runt ett
halvcirkelformat fönster där röda
granatäpplen lyser, hängande just utanför, där
finns de många barnansiktena, allvarliga,
skrattande, tittande uppåt åt någon som
kanske står där, kanske något roligt sker. De
uttrycker livet, glädjen och sorgen, allt det
som så plötsligt och grymt togs från dem.

Vi bjuds på te och pizza doftande av timjan,
joghurt att doppa brödet i och allt dukat på
barnhemmets stora matbord på en vackert
broderad duk. Tre kvinnor hälsar välkomna.

- *Salam aleikum! Ahlan! Välkomna, varsågod
tag för er och sitt var ni vill, trädgården är stor.
Eller om ni vill sitta här inne. Ni är väntade,
barnen har längtat så mycket.*

Kvinnorna skrattar och talar i mun på
varandra. Det märks att besöket är
efterlängtat.

Lugnet sänker sig så småningom bland alla
barn, barn som förlorat föräldrar, syskon och
släkt under den brutala ockupationen av
Palestina. En kvinna berättar om de olika
barnen var de hittats på olika platser i hela
Palestina. Här tas de omhand, får kärlek hjälp
att bearbeta sina trauman. Fedayeen hälsar på

då de kan och det händer att någon förälder
eller släkting hittats, som de kan berätta om
för något barn. Då blir det stor glädje i
Martyrernas barnhem. Ibland lämnar
fedayeen också ett eller flera räddade barn. Då
blandas glädje över de som räddats med sorg
över de som är borta. Gerillan har också
böcker med sig som de nu överlämnar. Det är
framförallt böcker till den skola som
kvinnorna driver. Men där finns också
sagoböcker som innehåller poetiska myter
och legender, märkliga historier om
människor som trotsar allt för att övervinna
det onda och rädda det goda.
På kvällen då alla barn funnit ro och somnat
samlas vi på den stora altanen framför huset.
Alla utom de som står på vakt. Det talas om
allt stort och smått, revolutionen som ska
segra, byar som förstörts, minnen och
upplevelser som skapat dem till de män de nu
är. Abu Jihad berättar, kanske för tusende
gången, om hur det var när han bildade sin
första kommandogrupp. Då han träffade
Arafat för första gången. Han säger inte var
han fått sin egen utbildning till
kommandosoldat mer än att det var 1954, då
han var en ung student i Gaza och hade en
sluttenta kvar i UNRWAs skola.

*-Efter att jag noga kontrollerat deras liv och
leverne, var vi en liten grupp och började
planera, fortsätter Abu Jihad. Vi kunde inte
öppet visa vad vi höll på med så jag kom på att*

*vi var en idrottsförening. Alltså satte vi igång
med att träna fysiken med en språngmarsch
varje morgon, ett par mil ut från Gaza och där i
vår "djungel", det var täta palmdungar, där
kunde jag utbilda dem i minor och
sprängämnen. Nåväl det var inte så lätt att få
tag på minor och annat, så jag började
experimentera med egen tillverkning. Jag var
arton år och mycket fantasifull. Jag behövde ett
metallskrin först och främst och begav mig till
en smed som bodde längre söderut på
Gazaremsan. När den så småningom var klar
fyllde jag den med sprängämnen och försåg den
med en sprängkapsel. Jag grävde ner den i
sanden vid gränsen där jag visste att den
israeliska inspektionspatrullen skulle komma.
Jag gömde mig på säkert avstånd. Men hör och
lär nu av vad som hände. I stället för en
explosion som skulle få patrullen att flyga i
luften, hann en man på sin kamel komma först.
Kamelen stötte till skrinet med en hov, skrek i
högan sky och började halta. Mannen svor,
hoppade ner från kamelen och grävde förstås
upp metallskrinet samt gick raka vägen till
polisen.
Det tog ett tag, men de fann mig och jag
hamnade i fängelse i Egypten. Jag bönföll
fängelsevakten att få bli släppt till mina
slutprov i skolan men fick ett rått skratt
tillbaks. Han menade att jag nog skulle få
stanna långt längre än vad en tenta tar.
Arafat befann sig i Kairo, där han studerade till
ingenjör, när han fick höra talas om mig. Han*

hade kontakter och lyckades få ut mig efter en månad. Sedan kom han till Gaza. Det var så vi möttes första gången.

-Och sedan då, var det så det började? Undrar Jag.

-På sätt och vis, fortsätter Abu Daoud. Arafat var en ung student men väldigt insatt i politik och med en smittande energi. Han jobbade dag och natt och svalt emellanåt, men i april 1948 steg han och två man till, i en roddbåt i El Qantara utan vapen för att ta sig över kanalen. Väl över fortsatte de till Gaza. Där delade de på sig för att söka upp de frivilliga egyptiska och palestinska studenter Arafat samlat ihop i Kairo. Det blev två strider på skilda håll. En grupp kämpade emot judarnas styrka vid Beersheba som gick till angrepp med tjugofyra tanks. Judarna bröt igenom efter rasande strider. Men hälften av tanksen körde mot Kfar Darome där Arafat med sin grupp hade belägrat byn. Inte var de många där, men de lyckades stoppa anfallet genom att lägga sig i bakhåll och samtidigt slå ut de första och sista tanksen. Resten var då instängda och kunde lätt slås ut. Man kan säga att det var så här det började, men du vet många år har kommit och gått, likaså anfall, bakhåll, strider man mot man och grymma attacker.

Så fortsätter samtal hoppande mellan allvar och skämt, långt in i natten.

Nyheter som direkt berör kvinnorna och barnen, och vissa aktioner gerillan varit inblandade i, talas det lågt och intensivt om. Någon börjar sjunga, en ung röst fylld av längtan rör sig smygande och stigande upp mot lyssnande stjärnor.

- *Det är en ballad om ett älskande par,* viskar Jeriko i mitt öra.

Han stämmer in i sången, fler och fler sjunger med i de många verserna. Alla tycks kunna den.

VIDARE I VINANDE SAND

Nästa morgon, mycket tidigt innan solens
hetta nått de kämpande människorna,
förflyttar de sig igen. En vind får sanden att
lyfta och täcka de gröna buskarna och träden,
den tar sats, ökar i styrka, tränger in under
nackkragen så håren reser sig, in bakom
solglasögon. Den är het vass och väldigt
mycket. Jeriko spottar en stund, tar sedan
några klunkar vatten. Han förflyttas i tiden.
Han vill berätta för mig. Rösten är hes av sand
som lyckats tränga sig in i munnen trots att
han bundit sin schal runt hela huvudet.

-Hör på, så här var det. Jag är en liten pojke,
går med Yumma, storasyster och storebror, de
plockar fig. Jag hör en vind, den dånar närmre
och närmre, det har plötsligt blivit mörkt, jag
ser inte längre träden. Jag känner Yummas
armar runt min kropp, hur jag faller
tillsammans med henne, blir liggande under,
känner syskonen nära. Sand överallt, hela
världen är sand.

Jeriko hostar och går tyst en stund. Jag virar
och drar åt den svartvita schal jag fått av
Jeriko, så gott jag kan.

-Tiden bilderna jag får, är annorlunda men
sandstormen är sig lik. Bilderna i mig växlar
snabbt, mycket snabbt till bilden av Yumma och

lillebror då de flera år senare överlevde krigets
fasor. Bilderna av Yumma som täcker skyddar
sitt barn. Kära Yumma jag saknar dig och din
kärlek, dina armar som omfamnar mig. Jag, vi
kommer snart.

Jag sneglar på Jeriko. Tycker mig se tårar i
hans mörka ögon, som är det enda som syns
av hans ansikte.

Vi rör oss sakta hukande undan vresig
sandstorm. Efter lång dag kämpandes mot
bråkig sand når vi floden, Jordanfloden.
I nattens barmhärtiga mörker urskiljer vi
människor som märkliga skuggfigurer på
andra sidan det stilla flytande vattnet.

- Lyssna, säger Jeriko, *de talar hebrew. De är*
så nära och ändå så fjärran oss.

Avlägset prat, skratt då och då, någon som
sjunger, soldater där och soldater här. Jeriko
pekar över vattnet och viskar till mig.

- Ser du ljusen däröver, vid horisonten där
bakom, där fanns min släkt, min familj och de
som finns kvar, där är Jeriko, världens äldsta
stad, 9600 år kan du tänka dig det? Yaba sköts
i den staden, tillsammans med mina syskon,
min Amo, alla män i släkten som bodde, som
bott i generationer i Jeriko. Min Yumma. Jag
måste, förstår du, det är min plikt att slåss för
Yumma och min bror, för alla som är döda, för

*vår gård, vår jord, våra olivträd. Yumma och
min bror bor tillsammans med en kvinna och
hennes dotter som förut var vår granne. De bor
i ett flyktingläger i Jeriko. Min stolta goda
Yumma! Min älskade bror!*

Den gula månen drar sig trött undan för
nervösa stjärnor. Några fedayeer har vakt.
Alla de övriga somnar fort. De är många, anas
som små högar, de som inte befinner sig
under jord i de skyddsgravar som bildar
tunnlar och rum. Allt andas frid.

*-Kom, jag har fått lov att ta med dig ner i
underjorden.* Jeriko ler ett av sina sällsynta
leenden.
-Klättra försiktigt, lägger han till.

Därnere står tre småskrattande fedayeer. Jag
ser mig omkring. Som en grotta jag minns från
min barndom på Gotland. Den sträcker sig
djupt inåt och ljuset är svagt. Jeriko finns nära
vid min sida och pekar upp mot taket, där en
stor kikare är monterad.
-Vill du titta i den, frågar han, och lyfter mig
snabbt upp. Han känner hennes mjuka varma
kropp och han andas snabbt. Så lätt hon är.
Jag känner hans varma starka händer, långa
smala fingrar sluta sig om min midja. Jag vet
just inte vad jag ser där i kikaren på andra
sidan Jordanfloden. Jag känner Jerikos armar
runt hela mig och han viskar något.

De tre unga männen hörs längre in i grottan.

Men i nattens mörker kommer ljudlöst en fedayee. Han söker upp ledningen, en tyst diskussion följer, och sedan, det går som en löpeld, alla finns där, även Jeriko och jag. Alla är vakna och alla är på väg.

- Vad händer, undrar jag? Jeriko säger snabbt, *vi måste till ett av de stora flyktinglägren utanför Amman. De behöver vår hjälp.*

Det blir en lång snabb vandring och sandstormen har tack och lov lagt sig. Efter att vi kommit över de brantaste bergen, möts vi av ett antal jeepar. Jag blir glad när jag får en plats. Jag blundar och är tacksam att vi sitter trångt. Jeepen lyfter, emellanåt flyger den över stenar och sanddynor som stormen orsakat. Farten är inte klok, tänker jag, det här är det farligaste jag upplevt på hela tiden jag varit här.

Flyktinglägret är enormt, en hel stad av tält, flera hundra tusen bor längre bort. Det är den fedayee som kör jeepen som berättar och nu har saktat ner farten betydligt.

- Människorna kom efter Nakban 1948 då 700 000 jagades, skrämdes, hotades bort från hem, gård, by och stad. De som kom då har undan för undan fått lerhus, UNWRA har hjälp till med det. Det går inte att se var lägret slutar

härifrån, för alla tusentals tält. Efter sex-
dagarskriget flydde, jagades minst 200 000
palestinier över Allenby-bron och de bor nu i
tält här och i många andra flyktingläger.
Det är som en mycket fattig flyktingstad med
mycket smala gränder, vattnet kommer och går
liksom elen. Riktigt avlopp finns inte.

- Vi är här så ofta vi kan, fortsätter Jeriko, vi
bygger, lagar, stöttar och så ser vi till att våra
skolor fungerar. Det finns sjukvårdstält med
läkare och sköterskor från Röda Halvmånen.
Men nu handlar det om annat. För vi väntar oss
någon israelisk aktivitet. Det kan bli allvarligt.

Vi stannar vid ett större tält som visar sig vara
en skola.
Jeriko presenterar mig för en ung kvinna som
heter Maya och är lärare. Barnen samlas
stojande runt oss.
Det visar sig att Maya råkat ut för någonting,
hela ena benet är inlindat i bandage och det
syns att hon har ont.
Det blir så bestämt att Jeriko får sköta
undervisningen under den vecka det kommer
att ta för Maya att återhämta sig.

- Vi hoppar in som lärare så mycket vi kan, vi
har många roller. Barnen är så viktiga, säger
Jeriko.

Jag blir glad när jag ser honom undervisa.
Hans humor och energi smittar av sig på

barnen och då och då övergår pratrösterna i kvillrande barnaskratt. Överallt och här och var ser jag fedayeen utföra olika arbeten, de lagar tält, bygger skyttegravar, kör in i det oändliga flyktinglägret med kaminer hinkar vattendunkar mediciner filtar. De slåss mot fattigdom vrede resignation och frustration, över allt som är och inte är.

Den heta solen söker sig bakom bergen, det är nu lättare att andas. Jag märker också att innan mörkret hunnit sänka sig, försvinner människorna och en märklig tystnad tar över. Allt ser nästan övergivet ut. Men under den jord jag nu vilar mina fötter på, där finns ett skyddat liv, förstår jag.

Vi sitter på en bänk och Maya berättar om sitt unga liv.

- Jag kommer från byn Deir Yassin. Byn låg vid den västra utkanten av Jerusalem. Där skedde den värsta massakern 1948, du kan tänka dig. De flesta gamla, kvinnor och barn befann sig i byn då de judiska terroristligorna Irgun och Lehi kom, männen var frånvarande, jobbade i staden eller ute på fälten. Människorna, stora och små tvingades ut på torget där de mördades och kastades i en brunn. När männen kom hem radades de upp och sköts.

- Å nej, är du därifrån, jag har hört och läst om den massakern. Den som kallas Al Nakba. Men

du överlevde, hur då?

- En man, han var palestiniernas delegat från Röda Korset, tog sig in i byn efter några dagar och fann den nu stinkande brunnen med döda människor men också runt omkring, där högar av döda människor låg. Byn hade plundrats och jämnats med marken. Den byn, det namnet finns inte längre på kartan. Det har blivit en israelisk förort till Jerusalem, som heter Kfar Sha´ul.
Mannen fann en liten flicka på sex år som märkligt nog överlevt under en hög av människor. Den flickan är jag och mannen heter Jacques de Reynier. Han såg till att jag fick medicinsk vård och togs om hand av släktingar som redan fanns här i flyktinglägret. Nu jobbar jag som lärare men också med kvinnorna här i lägret.

- Just vad jag ville fråga om, hur kvinnorna har det?

- Vi är förstås flera som går runt, samlar ihop dem i små grupper och talar om hygien och sjukdomar, försöker ge dem hopp och så värvar vi dem till gerillautbildning, både med vapen och i gerillataktik och hur man tar hand om skadade. Du förstår här är aldrig riktigt säkert, israelerna kommer plötsligt och sista tiden har vi också blivit utsatta för attacker av den jordanska armén.

- Hur är det Maya har du väldigt ont, du ser lite medtagen ut. Vad hände med ditt ben egentligen?

- Vänta jag kommer strax, ingen fara med mig.

Maya reser sig med möda och går in i skoltältet som nu är tomt sånär som på en flicka som sitter på golvet med ett litet gasolkök framför sig. En liten stund försvinner tillsammans med den nedgående solen, innan Maya kommer haltande med flickan som har två rykande koppar te i händerna.

- Jo, säger Maya, jag var klumpig och upprörd, då jag skulle hjälpa till att få loss en gammal man ur stenmassor. Det var inte här, det var igår då vi var i Karameh för att hämta sten. Du känner väl till massakern, ödeläggelsen av det enorma flyktinglägret? Israel bombade lägret sönder och samman endast moskén finns kvar. Allt skedde för lite mer än ett år sedan. Skrevs det något i världspressen, i ditt land? Vet du, ni du är så viktiga för oss, att ni berättar om oss, vår kamp, vårt lidande.
- Jo det skrevs, men inte i proportion till vad jag förstår verkligen hände. Men nu, sker det operationer nu också?

Maya ler ett snett leende.

*– Jodå på andra sidan Jordanfloden, inne i de
ockuperade områdena och även inne i Israel.
Militära anläggningar telefonledningar och
elektroniska bevakningsanordningar till
exempel. Förra året gjordes nära sex hundra
sådana operationer.
Ska vi kanske göra i ordning tältet för natten,
du ser lite trött ut. Du och jag och tre flickor får
sova här inne.*

En två tre dagar och lika många nätter, nej det
var tredje natten det hände...........

.... det som inte får hända.

ANFALLET

Anfallet kommer plötsligt i den heta natten.
Jag ligger i tältet tillsammans med tre små
barn och Maya. Utanför står Jeriko på vakt.
Som han gjort varje natt var de än befunnit
sig. Plötsligt hörs hans röst strax före ett
fruktansvärt oväsen, eld som bländar, hårda
dova dån, och så skriken från barn och vuxna.
Jag kastar mig ut efter alla andra i en röra. Nu
hör jag inte längre röster, endast smattret av
kalasjnikov. Någon drar i mig mot någonstans.
Jag ser den inte komma jag ser bara eld som
dånar, människor som kastas upp i luften, det
finns nu inga mänskliga ljud, jag känner att jag
själv kastas bakåt av en enorm tryckvåg, för
att fångas upp av starka armar, försvinna
långt bort från verkligheten, från Jeriko.

Jag vaknar upp i en skymning, vrider försiktigt
på huvudet. Ett fönster. Alltså är jag inomhus,
ligger i en säng, en slang med rött blod
strömmar sakta in i min arm. Jag vänder mig
om mot andra sidan, någon andas, jag ser två
unga kvinnor i vitt. De fnittrar när jag möter
deras blickar. De ger mig en lapp med några
ord lite ostadigt nerskrivna.
Amman, jag befinner mig i ett sjukhus i
Amman. Är jag själv här? Var är alla mina
vänner fedayeen, barnen kvinnorna och
Maya? Alla som flög omkring där i
flyktinlägret, var är Jeriko?

Jerikos hjärta klappar hårt
.- *Allahu akbar*, ropar han högt.
–*Tag mitt blod.* Han anmäler sig först. Hans
blod ska hjälpa henne, rädda henne. Han
gråter.
- *Vi kommer nu att ha samma blod, palestinskt
blod, säger han med rosslande röst.*

Snart nog får jag svar på mina frågor av en
ung läkare som också förklarar mina skador,
nödvändigheten av blodtransfusion. Mina
fötter och delar av benen är skadade, jag har
förlorat en mängd blod. Jag har en ovanlig
blodgrupp, det vet jag. De hade inte något av
hennes i lager på sjukhuset, så de hade ropat i
högtalaren i lägret efter någon som hade
samma blodgrupp, berättar läkaren.

- *Jag vill bara se att du läker bra och att din
blodstatus är okey, så får dina vänner hämta
dig. Och den unge fedayee som gav sitt blod till
dig, blir nog glad och tacksam att se dig igen.*

Läkaren går med ett stor leende och de två
sjuksköterskorna ber fnittrande att få kamma
hennes rufsiga blonda hår.

OCH ONDSKAN STÄMMER MÖTE

Ett år har gått sedan Jerikos hjärta fylldes av ljus, av hopp, om ett liv bortom blod och död. I ett svagt ögonblick, mycket mycket svagt, hade han viskat en fråga till henne. En fråga han nu knappt vågar formulera i sin tanke. Den finns där bara som ljud insvept i ljus, strängt hållet bort från de tankar som blir till tal. Långt borta är kvinnan, men ibland just då natten sänkt sig, tycker han sig känna hennes närvaro alldeles nära. Han märker knappt att han då sjunger den ballad hon älskat så mycket.

Jeriko är med sina vänner, fedayeen, alla de unga fyllda av samma kampvilja och ilska som han. Alla de äldre de med erfarenheter med styrka. Som föds ur längtan och förtvivlan. Träningen innan de fick gå med de äldre, de som redan varit med i operationer och sammandrabbningar, sett döden i vitögat med vapen i hand, den träningen var hård, frestade på allt han hade av inre och yttre förutsättningar, muskler och tankar. Nu är de bland de bästa. Inte samma sak som att stå gömd bakom en mur, se på när soldater skjuter in i hus, in i en grupp kvinnor och barn, se människor falla som som.... det finns inget liknande, då döden så fort får en glad stark Yumma att sjunka, falla rakt eller sidledes mot den jord hon älskar.

Livets ögon samlar, skickar bilder som skapar upplevelser inuti honom, inte platta bilder som på film, tänker han, utan flerdimensionella. Han tänker, det känns som hade jag en dockteater med minimänniskor hämtad från helvetet, i min kropp.

Ett år av ständiga operationer, sammandrabbningar, förflyttningar. Många dör, några blir skadade, vänner kamrater in i döden.
Så hände det värsta av det värsta, brutalare grymmare än någonsin. Igen. Bomber och granater haglar över flyktingläger, över de människor som redan tidigare upplevt det värsta av det värsta.

Svarta September kommer den att kallas.
De blir anfallna från alla håll, höger vänster och från ovan. Blodet flyter överallt. Det stinker av lik som inte hinner begravas.
Sanden färgas röd. Igen.
Där i allt det grymma tar de Jeriko, de tar honom, binder ihop hans fötter med en stålvajer som de noggrant fäster i en tanks. Så kör de. Fiender som tidigare varit vänner. Han känner först en vansinnig smärta i huvudet som dunkar mot jorden, armarna som han inte kan styra slängs hit och dit, ryggen bränner som eld. Efter en tid som en helvetisk evighet försvinner hans medvetande. Tanksen far vidare, kör i rasande fart in i närmsta by, in på torget där den tvärnitar. Jeriko, nu en

189

trasig människa, lossas och halshuggs, så alla
människor som tvingats ut ser det. De galna
soldaterna sätter hans huvud på en påle.
Jerikos huvud på en påle. Hans sargade
återstående kroppsdelar sparkas iväg av
skrikande vrålande soldater. Just då härskar
ondskan. Helvetet jublar.
Och solen går i moln.

DEL 3

2015 HOPPETS MÄRKLIGA LIV

Det berättas om de som jagades av bulldozers, kvinnor och barn, män så vreda, gamla som ändå orkat överleva. De fann sig själva i trånga utrymmen, i tält, i lera, i köld och i hetta. I plötslig stor fattigdom. Då som nu i kampvilja, i en omänsklig tro att få åter det de ägt, att få leva och bruka sin jord, få arbeta och återvända till sin by, sin stad, sin gård, sitt hus, sina olivträd. Med den sparade husnyckeln i hand eller om halsen. Nyckeln som överlämnas från generation till generation. Andra har hela tiden, över femtio år, alltså två tre generationer lyckats överleva, sett till att bruka jorden. Hur har det gått till? De som haft lyckan att kunna stanna kvar på sin ärvda gård, som odlats i fyrtio generationer, de som överlevt alla bombningar, massakrer, trakasserier och skrämselskjutningar av människor och hem, hur mår de? De som inte råkat ut för så kallad annektering.

Anza, Jenin, Burka, på långt håll i huvudsak sandfärgade eller vita också ett rosa då och då. Till Jeriko måste jag passera annekterad mark, staden ligger som på en ö. Muren som började byggas 2002 har vuxit väldigt mycket mer. Jag tycker landet Palestina består av prickar och fläckar när jag ser på kartan.
.Jag far mellan de olika städerna för att besöka

kvinnor. Palestinska kvinnor som arbetar
tillsammans i kooperativ. Uppför branta berg,
ner i djupa dalar. Olivträd i rad efter rad, på
sina otroligt många långa terrasser byggda
sten för sten av människohänder. Fikonträd
som lockar med sina saftiga frukter,
granatäppelträd, apelsin och citrusträd trängs
med varandra. Fler byar, städer och mitt i allt
utspritt, inträngande och ofta på kullarnas
toppar, finns bosättningar som israelerna
byggt. Olagligt. Vita hus ofta med röda tak,
höga likformade, de sticker upp i landets
arkitektur. Omgärdat av murar eller stängsel.
Fortfarande förstörs en, två gårdar i taget för
israeliska bosättningar. Under sex-dagars
kriget -67 konfiskerades, annekterades hela
byar. Nu olivträd, fikonträd, granatäppelträd
som huggs ner, odlingar och jorden skövlas,
bulldozer kraschar hus och gårdar.
Människorna tvingas lämna sina hem.
Åter och åter.
Denna blandning av ont och gott förvirrar. Så
mycket grymhet jag sett och ser och nu är jag
på väg till kvinnorna som banar väg för en god
framtid. Och som västvärlden
uppmärksammat.

Jag passerar checkpoints, som kräver pass och
tillstånd för att passera. Som inte palestinier
har, får så lätt. Otaliga bönder måste begära
tillstånd för att passera dessa så kallade
jordbruksgrindar, för att komma till sitt
dagliga arbete på sin egna mark. Det finns fler

än hundra tillstånd att söka. Dessa
checkpoints bevakas av militären. I en del fall
där grindarna är permanenta sköts de av
privata säkerhetsföretag. Murar, stängsel,
grindar som skär sönder landet Palestina för
palestinierna.
Murarna följer de palestinska
vattenledningarna, som av bosättare fått
förgrena sig upp till varje bosättning och som
då skapar vattenbrist i de palestinska byarna.
.
Vägen snirklar i serpentiner upp och ner
utefter bergssidor och i dalar och det pågår ett
evigt krig mellan välutrustade soldater som
befinner sig i annans land och barn kvinnor
män och frustrerade tonåringar som bor i det
landet.
Det absurda är att världen bara ser på.

Jag letar mig upp till en by i bergen som heter
Anza för att besöka några kvinnor och deras
familjer.

KVINNORNA I

ANZA

**Basima A, Basima B och
Naimah**

KVINNORNA I ANZA

Basima Atyami har sju barn, Basima Barameh
har fyra barn och Naimah Sabri har fem barn

Solen klättrar sakta men ändå så den går att
följa, runt och emellan de sandfärgade husen,
många små men också en del större, över tak
ner genom smala gränder. En tupp gal andra
följer efter, små smala katter kilar mellan
soptunnor, en hund skäller.
I den lilla bergsbyn Anza möter jag tre
kvinnor. De vill berätta om sina liv som är så
djupt förankrade med Palestinas historia. Sin
släkt sina familjer sina barn men mest om ett
företag, Canaan, som köper deras produkter
till en rättvis lön.

Nyvakna människor ropar god morgon bland
vackra hus klättrande uppför berget, bland
trasiga sönderbombade hem naket visande
verkligheten.

Klockan är fem på morgonen, jag följer
kvinnorna som samlas i ett hus mitt i byn. Det
är i kvinnornas klubbhus de samlas för att
baka pizza, bröd med får-och getost eller
fyllda med kycklingkorv ost och tomat.
På andra våningen möts vi av en mindre sjö.
En ledning har brustit. Nu är ledningen
provisoriskt lagad, ser det ut som. Någon man
från första våningen har varit hjälpsam.
Männen har någon form av aktivitet där. Men
vattnet är tydligen också avstängt.

-Vilket slöseri med vatten, suckar Naima. *Det här händer nu och då. Jag skulle behöva det till mina tomater. Och vi skulle behöva nya ledningar men hur kan det gå till, när vi inte får handla med något land, som har det vi behöver?*

-Hmm vi skulle behöva få betalt av israelerna för allt vatten de tar från oss, och då skulle palestinierna inte vara så fattiga, brister Basima hätskt ut.

-Vet ni att den skulden för vatten till bosättningarna, den överstiger alla de biståndspengar vi får från världen, upplyser Basima.

-Men värst är väl att vi får betala för vårt eget, Palestinas vatten!
Basima låter vreden sticka upp och övergår till upptorkandet av vattnet med större energi.

Vi sätter oss runt ett stort bord och Basima dukar upp med både tetermos och kaffetermos. Jag vill veta mer om vad som händer med vattnet och jag är väldigt nyfiken på deras arbete.

-Vet ni, säger jag.
-Jag såg en film om bosättarna, där bland annat en del superfina swimmingpools visades. Fyllda med ert vatten vad jag förstår. Och ni menar att ni får betala för det vattnet och att

*det stängs av här samtidigt som bosättarna
badar och plaskar!*
*-Jo det är en av de vardagligheter vi får leva
med, om det inte är så att ledningar går sönder
så stängs vattnet av liksom elen som kommer
och går. Trakasserier.* Basima suckar ljudligt..

Vi väntar och pratar och väntar. Jo så kommer
vattnet. Snart glänser marmorgolvet rent,
kvinnorna lägger ut rena dukar, plockar fram
alla ingredienser till baket och allt det goda
innehållet. Så sitter de med korslagda ben och
händerna dansar, rör sig så snabbt, formar till
bullar, skär, river fyller arbetar i skratt och
med historier som berättar om händelser i
nuet och från förr. Om sina barn som de nu
har råd att låta gå i skola även
universitetsstudier. Basima, Basima och
Naimah berättar om vartan, flätar in både
smått och stort.

*- Här i klubbhuset träffas vi ofta, vi tre och
många kvinnor från byn. Vi lär ut det vi kan, vi
inspirerar och får nya idéer som kan bli till
arbete för kvinnorna.*
Basima talar högt och entusiastiskt.

*-Det här gör vi framför allt för barnen så att de
får möjlighet till mat under skoldagen.
Samtidigt som vi kvinnor får en rättvis lön får
vi självförtroende och får en annan roll i
samhället,* fortsätter Naimah.

*-Idén föddes då vi hörde talas om microlån i
samband med att vi började arbeta åt Canaan,*
ler Basima.
*-Vi är nu sex familjer, det vill säga sex kvinnor
som arbetar för Canaán.*
*- Det var så det började för fyra år sedan. Med
att vi gör Maftoul, fårost som vi gör av mjölk
från våra egna får. Vi odlar tomater som vi
torkar och lägger in, kycklingkorv från våra
kycklingar och Tapenade från våra odlade
kryddor.*
*-Första gången jag såg den fina förpackningen
med Maftoul kändes det som jag fick vingar av
glädje och stolthet,* säger Basima. *Och så säljs
det, våra produkter, runt om i världen!
Maftoul rullas för hand av vete vi köper av
Canaan och som vi säljer tillbaka som färdig
produkt till ett bra marknadspris.*

Jag känner en glädje spridas i kroppen och blir
nästan tårögd.
*-Vad glad jag är att jag får uppleva detta, att få
träffa er. Ni kvinnor är ljuset i Palestina. Ni
visar världen att det är kvinnorna som vet att
rädda världen.*

När baket är färdigt dyker tre pojkar upp för att hämta de överfulla brickorna med bakverk och små påsar med jordnötter, till pojkskolan. Kvinnorna bjuder mig att följa med till flickskolan som vi når när vi går uppför en brant backe balanserandes varsin bricka.

-Flickornas gamla skola bombades för någon
månad sedan av israelerna, berättar Basima,
även ett antal hus i denna by, liksom i byar och
städer runtomkring. Räderna skedde nattetid
så inga barn skadades eller dog i skolan, Allahu
akbar. Däremot i husen dog människor och
skadades. En del släpades iväg till fängelse.

I ett litet rum i den vackra flickskolan ställer
kvinnorna ett bord framför en dörr.
Skolklockan ringer för frukost och strax
samlas små och stora hungriga flickor, alla i
fina skolklänningar. De skrattar och pratar
och går mumsande på de doftande bakverken
därifrån. De som kan betalar en mycket liten
slant för maten.
Alla lärare är kvinnor, välutbildade i olika
universitet i Palestina. De berättar hur
lyckliga de är att kunna arbeta. Jag, några
lärare och Basima, Naimah och Basima sitter
tillsammans i kollegierummet under en paus
och dricker kaffe och pratar.

-Men, säger en av lärarna, det finns många med
examina i olika discipliner, som inte hittar
arbete innanför murarna här på Västbanken.
Så skolorna har därför gott om goda duktiga
lärare. Det händer också att lärare med hög
utbildning arbetar gratis eller för en mycket
liten penning, bara för glädjen att få arbeta.
-Männen och de unga pojkarna som just
avslutat sin utbildning har det jättesvårt, säger
Naima, det säger sig självt, företag är inte

många, inte får vi heller tillstånd att starta
något företag eller ännu svårare är det att få
tillstånd att bygga en fabrik. Och eftersom vi
inte varken får importera eller exportera varor
så är vi bakbundna. Och alla som vill vara
bönder kan ju inte, eftersom marken hela tiden
krymper, tas ifrån oss. Murarna till exempel, är
byggda på palestinsk jordbruksmark, det är
inte lite mark det!
-Jag tror du förstår nu, säger Basima, *förstår*
vilken liten revolution det är när vi kan arbeta
för Canaan. Och att den får finnas är ett mindre
mirakel.
En ung lärare fortsätter.
-Det är inte lätt att skapa kontakter med andra
länder, bygga nytt när vårt land bit för bit tas
ifrån oss, vårt palestinska pass inte tillåter oss
att resa genom eller till Israel, eller till något
annat land. Om man då ens har ett pass.
- Men lärare behövs, det är viktigast, att barnen
får bra undervisning och utbildning, tillägger
en annan av lärarna. *De är ju vår framtid, vårt*
hopp.

Snabbmat-serveringen är efterlängtad

**Barnen sjunger "Beladi"
Palestinas nationalsång för
mig**

Lärare på Flickskolan

På eftermiddagen när den heta solen lugnat
ner sig, är det något kvinnorna vill visa mig. Vi
följer en liten väg. Vinden fladdrar stillsamt
med kvinnornas klänningar. Fåren går samma
väg morgon och kväll för att finna bete i
bergen. Naimah visar mig hur jag bäst plockar
färska söta fikon. Vid en byggnad högst upp
med dalen nedanför och bergen med hus och
människor som små myror och vägar i
serpentiner som letar sig uppåt och nedåt, där
stannar vi och går in i huset. En stor mängd
hönor går pickande omkring och sprätter i
ströet, en lika stor mängd av falkungar flaxar
vänskapligt omkring. Jag får en i mina händer,
håller den försiktigt. Vi går ut i den nedgående
solen. Då fylls plötsligt himmelen av vuxna
falkar, det är mycket tyst, de seglar, vingarna
rör sig knappt, de sänker sig, är mycket nära
och som en vacker skymning finns de bara
där, helt vänskapligt. Jag upplever en magisk
stund på Västbanken i Palestina.
Här ser jag inte blodet i sanden, bara en
oändlig skönhet.

Solen sänker sig så sakta eller så fort att jag
kan följa den, se skuggorna som växer i dalen,
vidgar den till en stor grå hemlighetsfull värld
där oändligt många olivträd finner ro, viskar
historier från förr. Natten är varm och i den
lilla byn är gatorna tomma. Nej tittar jag noga
från min utsiktsplats på taket till huset där jag
bor för tillfället, då ser jag skuggor av
människor som skyndar åt olika håll. Tittar

jag ännu mer noga ser jag de små smala
katterna som snabbt kilar från soptunna till
soptunna. Jag ser inga hundar, endast en hörs
inte långt från mitt tak. Den hunden hör jag
sedan varje natt och förstår att den gärna vill
in i sitt hus men är satt att vakta.

Skymningen övergår i varmt mörker.
Trippande fötter, fårfötter i en lång rad uppför
gatan, ögonen lyser, ser redan innan de ser,
den välkända vägen till stallet. Fårdoften
snirklar sig upp till mig. Sist rider fåraheden
på sin åsna.

Nu får jag sällskap på taket, en två tre kvinnor
kommer, män kommer, fler kvinnor, också
små barn och stora barn. Efter ett tag är taket
fullt, stolar bord har snabbt kommit fram, mat
bärs in, kaffe te jos nötter. Alla sitter i ring
med små överlastade bord här och där. Skratt
och prat och alla vill de berätta vem de är, vad
de heter, ta mig i hand, hälsa mig välkommen.
Nattens värme omsveper människorna, finns
där också mellan de unga och de gamla.
Barnen skojar, är välkomna i allas knä.
Timmarna går och ingen verkar trött. Jag
kommer att förstå efter några dagar och
nätter att detta är så de gör, samlas hos
varandra under varma nätter. Alla sover
siesta ett par timmar på dagen då den värsta
hettan härskar. Under nattens mörka timmar
då små ljud tydligt hörs, ett dovt bräkande
från något får, några katter som är oense om

ett byte, syrsor som anstränger sig att
överrösta varandra, då förs människorna
närmre varandra i delad glädje och sorg.
Och så är det något nervöst som svirrar
omkring i luften som i väntan att något
skrämmande kan hända. Och det händer. Då och då. För en månad
sedan sprängdes tystnaden friden ihärdigt
hårt och hänsynslöst. Tunga militärfordon
dundrar in i de smala branta gatorna,
gränderna, bromsar gnisslar, höga grova
kommandon hörs, dörrar som slås in slås
sönder, kvinnors höga skrik, männens
protester, barn som gråter vilt. Skott hörs och
så plan som dånande är där, släpper bomber
på hus de tänkt ut eller bara kanske på måfå.
Papperspåsar omsluter vindruvsklasar,
trådarna bär dem fästa i spaljetaket. Då vajar
de. Då när fienden är där.

*- Jag svälter gärna, gör vad som helst bara
mina barn får gå i skola*, säger Basima. *Så har
jag alltid tänkt och gjort*, säger hon och tar en
klunk kaffe.
*Jag kunde inte själv gå färdigt skolan då när
jag var ung. Jag gifte mig när jag var sexton år,
men så småningom läste jag själv till Tawjihi,
examen. Jag har en självlärd högskole-examen,
med äkta kunskap. Jag är en stolt mor till fem
pojkar och två flickor.*
*Du förstår, vi är självförsörjande numera, jag
odlar allt vi behöver alla grönsaker och gör
också ost. Det är den fina fårosten vi använder*

till pizzorna vi bakar till skolorna och jag säljer också fårost i byn. Ja vi berättade väl för dig i skolan men det är så viktigt. Våra liv har förändrats, vår tro på en bra framtid för våra barn, har vuxit. Jag vill gärna att du kan berätta vidare. Männen nickar instämmande och mumlar berömmande ord. Ser kärleksfullt på kvinnorna.

-Jag får vete från Canaan som jag säljer tillbaka som Maftoul, som vårt couscous heter, fortsätter Basima. *På vintern syr och broderar jag dishdash och schalar, gör smycken och lampor med pärlor. Jag är stolt och jag är tidseffektiv. I vår kvinnoklubb skapar vi utbildningar som ger jobb åt kvinnorna i Anza. Vi lär ut sykonsten, broderier från olika delar av Palestina och matlagning med mera.*

-Min man arbetar som lärare, säger Naimah, *men den lönen kan vi inte klara oss på, så när mannen från Canaan dök upp här i byn, han hade hört talas om oss, då gick det fort att organisera vårt arbete åt dem och tillsammans med dem.*
-Här varsågod smaka min goda juice, jag hade med mig den, säger Naima, *hela frukten är med utom kärnorna.*

-Vi kvinnor här i Anza vill inte ha välgörenhet,
fortsätter Basima, *vi vill känna vår förmåga.*
Som när Basima och jag fick idén att skapa en
lekpark för barnen i stället för att de skulle leka
på gatorna, vi blev så glada och stolta att
kommunen tände på idén, nu är den färdig och
jättefin. Och jag arbetar inom kommunen nu,
sitter i deras råd.

Och männen på taket hummar och nickar
instämmande. De är stolta över kvinnorna.

Nästa dag kommer en överraskning.
Gammelgammelmormor heter Noor och hon
vill gärna träffa mig. Det är Amal, en ung
kvinna, systerdotter till Basima, som kommer
med budet. Noor är 110 år och ligger i sin
säng när de kommer. Hon reser sig och bjuder
mig att sitta bredvid henne. Hon vill berätta
om alla de ockupationer hon upplevt.

- Du vet Palestina har varit ockuperat i
femhundra år, jag är inte så gammal men
ganska så, och jag minns väldigt bra. Jag vet att
turkarna erövrade vårt land år 1516, och när
jag var liten minns jag att de vuxna talade om
att många judar kom från Europa. Det var inte
konstigt eller fientligt då. Men sedan kom
första världskriget och då kom britterna, våra
nya erövrare som 1917 besatte Jerusalem.
Britterna och fransoserna delade på
förvaltningen, också en viss internationell
kontroll fanns det. Vi här i byn hade våra

odlingar och olivträd, en del äldre än alla
ockupationer, säkert två tusen år.

Noor tystnar plötsligt, verkar försvinna in i
minnernas kamrar. Då alldeles lämpligt
kommer Amal in i rummet med en välfylld
bricka.
-Nu dricker vi te kära ni, det finns kakor också
och färska fig och tammer.

Så sitter de där, Noor som levt så länge, unga
Amal och jag som känner mig både högtidlig
och respektfull inför detta möte.
-Så min vän, säger Noor efter en stund med sin
lite spruckna röst, *vill du höra mer, ska jag*
fortsätta? Jag är inte trött. Är du? Ta en fig till
det blir du pigg av.

Noor skrattar lite, torkar en smula från
läppen.

- Efter ett par år ungefär tröttnade Frankrike.
Kvar var britterna med Lord Balfour och hans
tankar? Han hade iden, att alla judar skulle bo
här i vårt land, det skulle bli rent judiskt, han
lovade judarna det. Det blev strider förstås
under många år och jag minns 1929 då
protesterade vi våldsamt mot invandringen,
många dog, för att sju år senare, då slogs vi
mot britterna också och ännu fler dog, många
härifrån och släktingar och vänner ifrån andra
byar. Du vet britterna hjälpte judarnas
terrororganisationer med vapen, stödde dem

*då de tog våra gårdar, hela byar tog de och
människorna flydde eller mördades. Till slut
1946 hade väl britterna fått nog och
avvecklade oss, mandatet Palestina. De hade ju
liksom lovat judarna i balfourdeklarationen att
landet var till dem.
Det blev ett rent helvete -48 då sionisterna
proklamerade sitt Israel, de ropade ut, de skrek
och tjoade att Palestina var deras land och nu
hette Israel, de viftade med flaggor, sina, och
levde om i Tel Aviv mest. FN försökte lugna ner
dem och skickade Folke Bernadotte, det vet du
förstås han var ju också svensk, han hade en
delningsplan med sig, en delning av vårt land
och skulle medla. Det blev nu inte så. Han
mördades av judarna, sionisterna. Hans
delningsplan åkte i soporna. Nu bröt det ut
ordentligt, helvetet. Kan du tänka dig,
sionisterna massakrerade oss, folk i byarna. Du
har väl hört om Deir Yassin och Qubia, där
tvingade de ut folk på torgen, människor alltså
kvinnor barn män, alla, och mördade dem så
alla såg. De som hann undan de sprang för livet
och ryktet om dessa ohyggligheter spreds
snabbt. Människorna lämnade allt, de tog
varandra i händerna och flydde i tusental, de
flesta till Jordanien andra till Gaza Syrien och
Libanon.
Vi här i vår by lyckades överleva, en del alltså,
tills -67 då det stora kriget bröt ut. Jag har
svårt att fatta att så pass många av oss överlevt
över hundra år med så mycket blod och våld,
Allahu akbar, titta på min trädgård den lever*

träden lever skänker oss frukt, jorden ger oss
föda, vi överlever tillsammans. Det finns en
kärlek här som är större än allt.

Efter ytterligare en liten tepaus vill Noor
fortsätta berätta. Det känns som hon tycker
det är viktigt att jag får höra hennes historia.
Och det vill jag.

-Nakba, det här var den andra Nakban,
katastrofen. Den första var 1947-49 då vårt
folk flydde förföljdes, 800 000 mördades. Kan
du se det framför dig? Det kan jag.
Noor ryser till och en skugga drar förbi över
hennes fårade ansikte, som tycks bära sitt
folks lidande i varje veck och rynka.

-Här på Västbanken hade vi hört till Jordanien,
Trans Jordanien, men vi var ändå palestinier,
nu var det Israel som ockuperade oss. Kan du
förstå hur det kändes?
Ockupationen nu, är ond elak de tar ju vårt
land bara till sig, skjuter våra barn i stället för
att ta kniven eller stenen ifrån dem...de är ju
flera vuxna med skyddsvästar och gevär, det
kan väl inte vara så svårt att avväpna ett barn.
Tänk om våra män gick in i Israel varje dag och
gjorde så, bara sköt helt på öppen gata.
Mördar. De vill ha bort oss, så har det inte varit
tidigare. Vi vill vara fria att leva, bruka vår
jord, de vill äga, ha vår jord. De krigar mot våra
barn. Bygger murar.

Berätta när du kommer hem till ditt land allt
vad som händer här. Allah vare med dig.

En kort brutal lektion av en mycket gammal
kvinna, som är fullständigt klar och rörlig i sin
hjärna och sin fågellika kropp. Hennes vrede
får mitt hjärta att gråta.
Vi vandrar vidare under den brännande solen.
Kvinnorna berättar att det finns femtioen
kvinnor i denna by som är hundra år eller
över.

- Vill du höra min teori? Människorna här i vår
by är fattiga men vi äter många olika sorters
grönsaker som vi odlar, så växer all slags frukt,
det vi äter är nyttigt, dessutom finns här nästan
inga bilar, vi går uppför och nerför genom byns
gator och gränder. Vi får motion säger Basima
och skrattar. Och så älskar vi vårt land vår
jord, det får kraften att leva vidare.
Och vi tar hand om varandra.

Lite senare i skymningen vandrar tre kvinnor
och jag, några unga flickor och några barn. De
talar om vad fruktträd heter som vi passerar,
plockar några fikon, granatäpplen och bjuder
mig att smaka. Barnen är bara glada, vill hålla
mig i hand och kvinnorna berättar vem som
bor i vilket hus, vad de heter och vad de gör.
Lite här och var utefter de vindlande gatorna,
branta och smala, passerar vi ruiner, trasiga
hus och jag undrar när och hur det hände och
de berättar.

- Jo det här huset sprängdes, bombades
månaden innan du kom. Och de är flera. Det
var i mars när hela skolan förstördes.

Utanför ett hus sitter en gammal kvinna. Hon
är hundra år och har ont någonstans, men klar
i sina ögon och i sitt tal. Hon välsignar mig,
smeker mina händer. Så blundar hon och blir
till ett säreget minne.

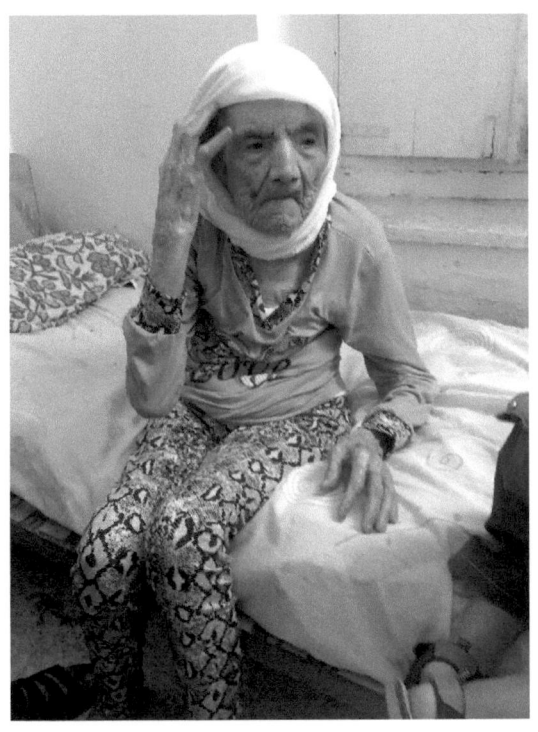

**Gammelgammelmormor
Noor 110 år**

En gammelgammelmor vi
besökte som ägnar sina dagar
åt att skapa konsthantverk.

Efterord

Jag började resa till Palestina och Israel strax
efter sex-dagars kriget 1967. Det blev en resa
in i en annan värld än min vardag i
Stockholms teatervärld. Människor jag mötte i
Israel som tog avstånd från kriget, som inte
ville se skillnad på människor på grund av
religion kultur och historia. De ville inte ha ett
delat land där murar växer mellan människor.
Jag träffade och intervjuade politiskt
engagerade judiska och palestinska
ungdomar, författare och familjer med olika
historier. Jag hade förmånen att följa en judisk
advokat under en militär rättegång. Jag reste
flera gånger för att kunna skriva och ge ut
Palestina Bulletinen. Jag besökte människor i
husarrest, sov hos en familj i Gaza, vars hus
bombades dagen efter jag varit där, jag har
rest runt på Västbanken, sett landet Palestina
muras in krympa till fläckar, sett friheten att
besöka släktingar och vänner förbjudas,
upplevt de ständiga trakasserier som små och
stora människor utsätts för, hus rivas eller
bombas och där tillstånd att bygga upp igen
inte fås.
Människor berättade sina liv, så främmande
skrämmande och otroliga.
Jag besökte även Al Fatahs gerilla, Al Assifa
under en månad 1969, för att försöka förstå
deras tankar och känslor, deras strategier och
taktik som Yasser Arafat och några få vänner
arbetat fram genom misslyckanden och

framgång sedan 1940-talet. Att det var genom
tankar och känslor Arafat rekryterade
palestinierna stod väldigt klart för mig efter
en månad tillsammans med frihetskämparna.
Arafats stormande positiva energi gick inte att
motstå. Det var den han själv levde av.
Gerillan föddes redan på fyrtiotalet då Arafat
studerade till ingenjör i Kairo. Från ett
nätverk av studenter till en rätt stor grupp av
fedayeer 1948 då de planerat en stor attack
med vad de trodde, hjälp av en samlad styrka
från Arabfederationen, mot Haganahs judiska
trupper som i hemlighet byggts upp med
frivilliga och med vapen av britterna. Då,
1948, blev det just ingen framgång för Arafats
gerilla då de avväpnades av araberna. Ett stort
solkigt svek som klargjorde att det palestinska
folket stod själva i sin kamp.

Jag berättar nu många år efter vad som hände
den fedayee, frihetskämpe, som kom att bli
min beskyddare och vän då jag besökte
gerillan, som delgav mig sitt liv och vars öde
slutade så fruktansvärt grymt.

Sommaren 2015 återvänder jag för att
intervjua kvinnor på Västbanken. Jag möter
outtröttliga kvinnor som i all denna
destruktion landet Palestina genomgått och
ideligen utsätts för, lyckas skapa något nytt.
Kvinnokooperativ, kvinnor som tar microlån
för att baka små pizzor till alla skolbarn i byn,
kvinnor som med sin kommuns välsignelse

bygger en lekplats åt barnen i sin by. Kvinnor som kämpar dag och natt för att barnen ska få gå i skolan få en utbildning.

Berättelserna växlar mellan olika årtionden just för att den grymma sanningen är, att livet i Palestina är en pågående kamp för överlevnad då liksom nu, för rätten att vara palestinier i sitt Palestina. Palestinier som bara vill leva och arbeta i fred.

Ordlista och begreppsförklaringar

Abu, far till - far
Ahlan – välkommen
Allahu akbar – Gud är större, sägs i alla sammanhang
Aroosa – brud
Amoora – bedårande
Amo – farbror
Amto - faster
Aywa - ja
Baba – pappa, en del säger Baba, andra Yaba
Binti – min dotter
Dishdash – traditionell lång särk, bärs av kvinnor och män, klänning
Fedayee/fedayeen – frihetskämpe inom gerillan
Fig - fikon
Habibi – käraste, älskling femininum,
Habibti – käraste, älskling maskulinum
Hebrew – eng. ordet för hebreiska som används i talspråk
Hijab - huvudduk
Jiddo – föräldrars far
Khalo – morbror
Khalto - moster
La – nej
Maftoul – förkokt krossat fullkornsvete, ekologiskt
Mama, Yumma, – mamma
Microlån, lån utan ränta, återbetalas enligt

avtal. Ges till kvinnor/projekt, av Canaan
Salam Aleikum – frid vare med dig, vanlig
hälsning
Shekel, ILS, valuta i Palestina och Israel, 1 ILS
ca 2,4 SEK
Taboon – stor ugn till bröd
Tammer - dadlar
Tapenade – röra av gröna oliver, inlagd kapris,
olivolja, senapsfrön, havssalt, citronsaft
Teta – föräldrars mor
Tawjihi – grundskole examen
Umm – mor, mor till
Yaba, Baba – pappa
Yumma - mamma
Zaatar – kryddblandning av krossad timjan,
gurkmeja och sesamfrön

Röda Halvmånen
Emblemen det röda korset, den röda
halvmånen och den röda kristallen är
skyddsemblem enligt den internationella
humanitära rätten. De skyddar alla sårade och
sjuka samt för civil och militär sjukvård i
väpnade konflikter. Det är förbjudet att
angripa fordon, byggnader eller personal som
bär emblemen.

Lehi, eller Sternligan - var en sionistisk
terrorgrupp i brittiska mandatområdet
Palestina under 1940-talet. Lehi var en
utbrytning ur Irgun som under andra
världskriget ingick ett vapenstillestånd med

engelsmännen medan utbrytarna ville
fortsätta striderna. Britterna kallade gruppen
Sternligan efter dess ledare Avraham Stern
som dödades av britterna 1942.
I september 1948 mördade ett kommando ur
Lehi FN-sändebudet Folke Bernadotte i
Jerusalem.

Umm Kulthum
Stavas på olika sätt beroende på vilket land
det gäller.
Ex: Om Kalsoum, Oum, Omm Kolsoum, med
flera.
Canaan - palestinskt företag som ingår i
WFTO, Word Fair Trade Organisation,
oljeraffinaderi som köper in oliver, tomater
säd och frukter. Rättvis handel. De betalar
rättvisa löner, lika löner för kvinnor och män,
tillåter inte barnarbete. Canaan har 40
återförsäljare bara i Sverige.
De ger också microlån till enskilda kvinnor
eller kvinnokooperativ samt ger stipendier till
palestinska ungdomar för studier vid
universitet.

STORMENS LÖFTE (Al Assifas löfte)
Dikt av Mahmoud Darwish, palestinsk poet
uppvuxen under Israels ockupation av
Palestina. Jag fick den som gåva då jag besökte
honom 1969, i hans hem. Han satt då i
husarrest.
Översatt av Omar Sufan och Monic
Ernstdotter Rogberg

Övriga dikter är av författaren

Berättelsen om Shafaq Jarrar, händelser i
hennes och familjens liv som inleder boken
bygger helt på Shafaqs ord men är skriven i
romanform.

Första intifadan 1987- 91- 93

Enligt Wikipedia dödades mellan 1987 – 93
1416 palestinier på ockuperat område, fram
till år 2000, 1795 på ockuperat område.
Israeler på ockuperat område 189, palestinier
dödade i Israel 60,israeler i Israel 250

Andra intifadan 28 sept 2000 kallas Al Aqsa intifadan-30 nov 2010
Palestinska offer

Enligt Wikipedia, första året rapporterades att
700 palestinier dödats.
15 dödsfall hade inträffat på grund av att
transport till sjukhus hindrats av israeliska
vägspärrar. Elva gravida kvinnor tvingades
föda vid vägspärrar. Drygt 16 000 fall av
sårskador registrerades 2500 personer,
däribland 537 barn, hade fått handikapp för
livet. Fyra läkare och fem sjuksköterskor
dödades medan de utförde vårdarbete på
skadade. 93 ambulanser och hjälpfordon,
motsvarande tre fjärdedelar av hela Röda
Halvmånens fordonspark, hade skottskadats.
Ett dussintal sjukhus hade träffats av skarp
ammunition

Palestinska offer
Enligt Wikipedia, första året rapporterades att
700 palestinier dödats.
15 dödsfall hade inträffat på grund av att
transport till sjukhus hindrats av israeliska
vägspärrar. Elva gravida kvinnor tvingades
föda vid vägspärrar. Drygt 16 000 fall av
sårskador registrerades 2500 personer,
däribland 537 barn, hade fått handikapp för
livet. Fyra läkare och fem sjuksköterskor
dödades medan de utförde vårdarbete på
skadade. 93 ambulanser och hjälpfordon,
motsvarande tre fjärdedelar av hela Röda
Halvmånens fordonspark, hade skottskadats.
Ett dussintal sjukhus hade träffats av skarp
ammunition

**FN:s hjälporganisation för
Palestinaflyktingar** (engelska *United Nations
Relief and Works Agency for Palestine Refugees
in the Near East*, **UNRWA**) är en organisation
inom Förenta nationerna med sekretariat i
FN-kontoret i Wien. Organisationen är en av
de verksamheter som samordnas av FN:s
flyktingkommissariat.

När UNRWA upprättades 8
december 1949 genom resolution 302 (IV)
var det tänkt att vara en temporär lösning på
det akuta problemet
med palestinska flyktingar från de områden
som blev staten Israel. Arbetet kunde börja 1
maj 1950. Dess uppgift var till en början att
fungera som en nödhjälpsorganisation;

flyktingarna var 700 000 blottställda palestinier som genom en resolution i Generalförsamlingen 11 december 1948 medgivits rätt att antingen återvända eller kompenseras ekonomiskt för sina förlorade tillgångar. Allt eftersom årtiondena gick och repatrieringen låtit vänta på sig, har organisationens verksamhet även kommit att inbegripa undervisning, matransonering och annan välfärdsverksamhet. Antalet flyktingar uppgår numera till över fyra miljoner.

Organisationen leds av en generalkommissarie som utses av FN:s generalsekreterare; 1979-1985 var Olof Rydbeck generalkommissarie. Största delen av det arbete som organisationen bedriver utförs av flyktingarna själva i flyktinglägren i Libanon, Syrien, Jordanien, Västbanken och Gaza. Arbetet på plats är ofta utformade som projekt. UNRWA:s verksamhet är uppdelad i fem program: hälsovård, utbildning, mikroekonomi och entreprenörskap, social välfärd och nya projekt (ofta upprättande av nya skolor).

Källor

Intervjuer med Shafaq Jarrar, Basima
Barameh, Basima Atiany, Naimah Sahri,
Isam Mohammed och många
palestinska kvinnor, unga och gamla, män
unga och gamla, barn och med fedayeer

Arafat
Av Alan Hart

Bitter Harvest, Palestine 1914 – 67
Av Sami Hadani

Kampen om Palestina
Av Per Gahrton

Palestina Bullentinen

Palestinsk Front

Drabbad av konflikt
Av Per-Åke Skagersten

Wikipedi

Omslag
Shafaq, Burqa
Foto Monic Rogberg
Baksidebild
från Anza, Basimah Atyani, Basima Barameh
och Naimah Sahri
Samtliga foton Monic Rogberg
Utom Ahmed och gravbild, okänd fotograf

Tankar

Jag märker då jag nedtecknat ett antal berättelser att de är rätt förskräckliga till sitt innehåll. Det är nu inte märkligt då de är sanna för människorna som upplever dem. I synnerhet fyllda av skräck för alla de ungdomar och barn som kastas mellan skräck och sedan får uppleva lycka kanske genom giftermål i alla fall genom kärlek. Jag fylls själv av skräck då jag tänker mig in i det palestinska folkets situation och placerar mina barn och barnbarn där. Jag önskar av hela mitt hjärta att alla murar stängsel och checkpoints kunde försvinna. Att människor både i Palestina och Israel kunde få lugn och ro, sätta sig i en skön fåtölj och läsa en god bok.

SLUTLIGEN VILL JAG TACKA
Shafaq Jarrar , Basima Bahrame, Basima Atiany och Naimah Sahri för all hjälp.

Palestina i mitt hjärta. Ett Palestina som trasats sönder och trasas sönder mer och mer. Palestinier med varma kärleksfulla hjärtan och välkomnande famnar. Och vrede förtvivlan, arga små barn som hindras att gå till skolan.

Tack för alla möten, upplevelser och berättelser. Tack för att ni finns.

.